エグゼクティブの恋愛条件

水上ルイ

14300

角川ルビー文庫

Contents

Introduction

アルマンド・ガラヴァーニ(29)
ミラノの大富豪・ガラヴァーニ家の嫡男で、世界中に一流レストランを持つ「リストランテ・ラ・ベランダ」グループの現オーナー。
ミラノで雪彦を見初めて以来、どうしてもあきらめきれずにいる。
鮎川雪彦(26)
超高級イタリアンレストラン「リストランテ・ラ・ベランダ・トーキョー」で働いているスー・シェフ兼ポワッソニエ。ずっと小田桐に片思いしていたが、ガラヴァーニに専属シェフになるように要求されて――…!?

鷹野と小田桐のラブストーリーは
ルビー文庫より大好評発売中の「グランシェフの恋愛条件」で!!

イラスト／こうじま奈月

アルマンド・ガラヴァーニ

私が愛した彼には、好きな男がいる。

彼の視線はいつでもその男を追い、その男の前で、彼はまるで少年のようになる。

その美しいレストランの中でも最高の席、世界中の料理評論家を唸《うな》らせた最高のディナーを食べながら……しかし、私は今夜も深いため息をつく。

オリーヴの茂《しげ》る美しい中庭を見渡《みわた》せるために最高の席と呼ばれているが、私にとってその席は、実は別の意味がある。

その席からは、中庭の向こうにある厨房《ちゅうぼう》を、木々の間から垣間見《かいまみ》ることができるのだ。

しなやかな身体《からだ》に純白のシェフコートをまとった彼は、今夜も見とれるほど美しい。

天使の彫像《ちょうぞう》のように繊細《せんさい》な、その横顔のライン。

シェフ帽《ぼう》の下から覗《のぞ》く、艶《つや》のある栗色《くりいろ》の髪《かみ》。

長い長い睫毛《まつげ》の下、宝石のように煌《きら》めく薄《うす》い褐色《かっしょく》の瞳《ひとみ》。

そして真剣《しんけん》に引き締《し》められている、柔《やわ》らかそうな唇《くちびる》。

若き天才と早くも噂《うわさ》されている彼の動きには、いつでも少しの無駄《むだ》もない。美しい手が、何かを刻み、力強くかき混ぜる。シェフたちの間を身軽に縫《ぬ》い、皿をウエイターに渡す。料理を作る彼の姿は……このうえなく優雅《ゆうが》で美しい。

「お待たせいたしました、シニョール・ガラヴァーニ」

高齢《こうれい》の、まるで執事《しつじ》のように忠実なメートル・ド・テルが静かに近寄ってきて言い、私の前のテーブルに、まるで絵のように完璧《かんぺき》な一皿を置く。

「シニョール・ガラヴァーニのためのスペシャリテ『二種の牡蠣《かき》のミニグラタン　エシャロットバターつきの自家製パン・ド・セーグルを添《そ》えて』でございます」

楽しそうな彼の声に、私は微笑《ほほえ》みながら顔を上げる。

「今夜の前菜も、彼が作ったんだろうな？」

「今夜の前菜も、もちろん鮎川《あゆかわ》が作りました。ガルド・マンジェになったばかりですが、彼の才能は本当に素晴《すば》らしい。あなたがファンになる気持ちもよく解《わか》ります」

彼は茶目っ気のある声で言って私に微笑む。

「彼は才能に溢《あふ》れているだけでなく、とても親切で思いやりに溢れる子です。グランシェフをはじめとする私たち古参のスタッフは、彼を本当の孫のように思っていますよ」

「親切で思いやりに溢れる子……ね」

私が苦い気持ちで笑うと、彼は少し困った顔になる。

「テーブルまでご挨拶《あいさつ》に来ないことは、勘弁《かんべん》してやってください」

「もしかして、前の店で作ったレシピを何度もリクエストする私のことを怒《おこ》っている？」

私が言うと、メートル・ド・テルはイタズラっぽい顔で片目を閉じて、

「普通《ふつう》なら、そんなことをするお客様はいません。表向きは、あの店のグランシェフが作ったことになっていたはずですから」

「あの店のグランシェフに、こんな素晴らしい料理が作れるわけがない」

私が言うと、メートル・ド・テルはまた笑って、

「こんなことを申し上げてはいけないかもしれませんが……たしかに。もちろんこの店のグランシェフもそれは解っていて、鮎川がこの料理を作ることを勧《すす》めています。とても素晴らしい一皿ですから」

「本当だ。この店の定番にしてもいいくらいに素晴らしい」

私が言うと、メートル・ド・テルは頭を振《ふ》って、

「残念ながらそれは無理かもしれません。グランシェフはそう勧めたのですが、鮎川は『これは即興《そつきよう》で作っただけのメニューですから』と言って承諾《しようだく》しませんでした」

「完璧主義の彼らしいな」

私はため息混じりに言い、木々の間に見え隠《かく》れする麗《うるわ》しい彼の姿を見つめる。

「恥《は》ずかしがって厨房から絶対に出てこないところも、彼らしい」

「彼はとても繊細で、なによりとてもシャイなのです。オーナーであるあなたの前では緊張《きんちょう》してしまうのですよ」

彼は微笑みながら言い、そして優雅に踵《きびす》を返す。

私は彼が作った前菜の、天上に連れて行かれそうなほどの美味を味わい、それから木々の向こうにいる彼にまた目を移す。

そして、彼がある男と話している姿を見て、ズキリと胸が痛むのを感じる。

あの男といる時の彼は、本当に少年のようだ。象牙《ぞうげ》色の頬《ほお》は美しいバラ色に染まり、上等のモルトウイスキーのような褐色の瞳は、わずかに潤《うる》んで彼を見つめている。

……そんな顔をしたら、恋《こい》をしていることが一目瞭然《いちもくりょうぜん》なのに……。

相手の男はてきぱきと指示を与《あた》え、ほんの少しだけ微笑み、そしてあっさりと踵を返す。

男の背中を見つめる彼の顔に、苦しげな表情が浮《う》かぶ。

……それでも気づかないほどの鈍感《どんかん》な男など、もう忘れてしまえ。

彼のその苦しげな表情に、私の心までが、ズキリと痛んだ。

……私なら、そんなつらそうな顔は絶対にさせない。

私は、彼の横顔を見つめながら、心の中で語りかける。

……いつでも可愛《かわい》がって、甘やかして、そして……。

……心の底から、君だけを愛するのに。

鮎川雪彦《あゆかわゆきひこ》

「オーナーが視察に来るの、今日ですよね。何時くらいに来るのかな？」

更衣室《こうい》。コミ・ド・キュイジニエの鷹野《たかの》和哉《かずや》が、赤いボウタイを締めながら言う。

「ああ、なんだか緊張するっ！」

彼の顔には楽しげな笑みが浮かび、その声はこちらの心まで浮き立たせるほど明るい。

「緊張してもしょうがないだろう？　いつもと同じにしていろ」

ぼくがシェフエプロンの紐《ひも》を結びながら言うと、和哉は、

「でも、アルマンド・ガラヴァーニっていったらこの『リストランテ・ラ・ベランダ』グループ全体のオーナーだし！　それにすんごい大富豪《だいふごう》だっていうし！」

「新米シェフのおまえがいろいろ考えるなんて、十年早い。ほら、さっさと仕度《したく》しろ」

ぼくは言って振り返り、指先で和哉の可愛い形の鼻先をピンと弾《はじ》いてやる。

「いてっ！　ひどい、鮎川さん！」

怒った顔で地団駄《じだんだ》を踏《ふ》む和哉を見て、着替《きが》えているほかのメンバーが楽しそうに笑う。

ぼくは彼らの楽しげな笑い声を背中で聞きながら、更衣室を出る。

……アルマンド・ガラヴァーニ。彼に会うのは、二年ぶりか。

その名前を思い出すだけで、胸が妙《みょう》な具合にざわめく。

……できれば、もう二度と会いたくなかったのに。

ぼくの名前は鮎川雪彦。二十六歳。

銀座にほど近い一等地にある超《ちょう》高級イタリアンレストラン『リストランテ・ラ・ベランダ・トーキョー』で、スー・シェフ、兼《けん》、ポワッソニエとして働いている。

スー・シェフというのは、厨房の総責任者であるグランシェフの右腕《みぎうで》。そしてポワッソニエというのは、魚料理と、魚ベースのフォンやソースを監督《かんとく》する係のことだ。

ぼくは更衣室から出て廊下《ろうか》を歩き、厨房に続くスイングドアの前で立ち止まる。

丸窓の向こうに見えるのは、純白のシェフコートに身を包んだ背の高い男。

今日のレシピを書き留めているようで、彼は俯《うつむ》いたまま紙にペンを走らせている。

艶のある漆黒《しっこく》の髪。陽《ひ》に灼《や》けた肌《はだ》。彫刻のように完璧なラインを持つ、その横顔。

彼を見るだけで、ぼくの鼓動《こどう》が、今日もこんなに速くなる。

彼の名前は小田桐宗一郎《おだぎりそういちろう》。二十九歳。

料理界に名前をとどろかせた天才。そして世界に名前をとどろかせたこの『リストランテ・ラ・ベランダ・トーキョー』を統括《とうかつ》するグランシェフだ。

それだけでなく、彼はぼくの料理学校時代からの先輩《せんぱい》でもある。ぼくは、彼の天才的な技《わざ》と料理に対する真摯《しんし》なその姿勢にずっと憧《あこが》れ続け、それはいつしか恋のような感情に変わった。いつか立派なシェフになる、そしてその時には彼にこの想《おも》いを伝えて……そんなことを考えたこともあった。

……でも……。

ぼくは小さくため息をついて、スイングドアを押し開ける。

……彼の心は、もう永遠に別の人のもので……。

彼はとても集中しているようで、ぼくが厨房《ちゅうぼう》に踏み込んでも何かを書き続けていた。

「おはようございます」

ぼくが言うと、彼はやっと気づいたように顔を上げ、その唇の端《はし》に笑みを浮かべてくれる。

「おはよう。……素晴らしい手長海老《ラングスティーヌ》が届きそうだ。前菜で使っていいぞ」

彼の低い美声が、まだこんなにぼくの心を震《ふる》わせる。

「それなら……」

ぼくは声までが震えないように気をつけながら、ことさら平静を装《よそお》って言う。

「『ラングスティーヌの冷製　ルッコラのサラダと天豆《そらまめ》のクロッカン添え　ブール・ブラン』はいかがですか？」

「いいな。肉料理の『ブルゴーニュ産仔牛《こうし》肉のロースト　春の香《かお》りソース』にも合いそうだ」

彼は楽しげに言ってメモをしてから、ふとぼくの顔を真《ま》っ直《す》ぐに見つめる。

「鮎川」

いつでもどこかセクシーなその漆黒の瞳《ひとみ》に見つめられて、ぼくの鼓動が、トクン、と跳《は》ね上がった。

「なんでしょうか？」

動揺《どうよう》を隠そうとするあまり、ぼくの声は怒っているかのように挑戦《ちょうせん》的に聞こえる。

……ああ、こんなふうだから、ぼくは……。

「勉強熱心なおまえのことだから、家でオリジナルのレシピを考えているんだろう？」

「ええ、それはもちろん」

「そろそろ、俺の考えたレシピだけでなく、自分のオリジナルの料理も試《ため》してみたいんじゃないのか？」

その言葉に、ぼくの心臓がズキリと痛む。

「たしかに、レシピはたくさんありますが……」

「もしそうしたければ、俺が試食をさせてもらう。もしも店の味に合っていれば、スペシャルメニューとして実験的に常連客に試食を頼《たの》んで感想をもらってもいい。おまえの作った前菜なら、それくらいの完成度の高さはあるはずだ」

ぼくはプロのシェフだ。作ったものを他人に試食してもらい感想をもらわなくては、いくらレシピだけを書き溜《た》めていても意味はない。

「ああ……もちろん盗作《とうさく》したりはしないのでその点は信用してくれ。出す時にはきちんとおまえの名前をメニューに入れるし……」

「そんなことはもちろん心配はしていません。ただ……」

ぼくは慌《あわ》てて彼の言葉を遮《さえぎ》り、それから、

「……まだ、それほど完成度の高いレシピができあがっていないんです」

「そうか。それなら仕方がないな」

彼は優《やさ》しい声で言い、それからその端麗《たんれい》な顔に笑《え》みを浮かべて、

「試したくなったらいつでも言ってくれ。おまえほどの才能を持つシェフを、スー・シェフのままにしておくことに、ずっと良心の呵責《かしゃく》を感じているんだ」

「そんなことを考えないでください。ぼくは……」

あなたのそばにいることが喜びなんです、と言おうとして、慌てて言葉を切る。

……そんな言葉は、絶対に口にしてはいけない。なぜなら……。

小田桐さんが、何かに気づいたように振《ふ》り返る。ドアの向こうから、軽《かろ》やかな足音が近づいてくる。小田桐さんの唇《くちびる》に、ぼくに向けたのとはまったく違《ちが》う愛《いと》おしげな笑みが浮かぶ。

「おっはようございまーす！」

スイングドアを開け、走り込んできたのは、和哉だった。

「外にある木箱、牡蠣《かき》と手長海老だよね？　オレ、運びましょうか？」

「氷が詰《つ》まっていて重いから俺が運ぶ。それより、ちょっと来い」

「なんですか？　新しいレシピ？」

身軽に駆《か》け寄った彼のボウタイに、小田桐さんの美しい手が触《ふ》れる。

「またボウタイが曲がっている」

「ええ？　今日はよくできたと思ったんだけど……」

小田桐さんは彼のボウタイをスルリと解《ほど》き、丁寧《ていねい》な仕種《しぐさ》でそれを結び直してやる。

「本当に不器用なやつだな」

「あなたの基準が厳しすぎるだけじゃないの？」

彼らは言い合い……そしてそのまま、間近に見つめ合う。

小田桐さんの目にセクシーな光がよぎり、和哉がふわりと頬《ほお》を染める。

和哉は初めて見た時には驚《おどろ》いてしまったほどの美青年だが、やんちゃな言葉と気の強い態度で、普段《ふだん》はそれを意識させられることはない。

だが、小田桐さんと見つめ合う時の彼は……。

彼の滑《なめ》らかな頬が淡《あわ》いバラ色に染まり、長い睫毛《まつげ》の下の瞳が色っぽく潤《うる》んでいる。愛の言葉を囁《ささや》くように、そしてキスをねだるように、彼の柔《やわ》らかそうな唇が微《かす》かに震える。

……ああ、彼は本当に美しい。

心臓に突き刺《さ》さった太い棘《とげ》が、ズキリと心を痛ませる。

……小田桐さんが夢中になるのも当然だ。

「もうすぐ着替えを終えたメンバーが来ますよ」

二人はぼくの存在など忘れていたことを証明するように、ギクリと肩《かた》を震わせる。

「キスをするなら、さっさとどうぞ」

言って、踵《きびす》を返して厨房を出る。

二カ月前。ぼくは図《はか》らずも、和哉と小田桐さんのキューピッド役を買って出ることになってしまった。

二人はずっと想い合っていたけれど、その気持ちはすれ違っていた。二人が苦しんでいるのを見ていられなくなったぼくは、和哉の背中を押し、小田桐さんに告白をさせた。

二人はそこでやっと心を通じ合わせ、そしてとても幸せそうなカップルになった。

小田桐さんはもちろんのこと、ぼくは和哉のこともとても好きだ。

彼は美しいだけでなく、素直《すなお》で、明るくて、一緒《いっしょ》にいるだけでこちらまでが勇気をもらえるような子だ。入店したばかりなので、職位は下働きの新米シェフという意味のコミ・ド・キュイジニエだが、彼は、本物の才能と情熱を持っている。すぐに頭角を現すことだろう。

彼がこの店に来た時、ぼくは彼のことを疎《うと》ましいと思った。それはきっと、ぼくから見れば完璧《かんぺき》と思える彼に……嫉妬《しっと》したのだと思う。

今のぼくは、彼のことが本当に好きだ。あの二人には、このまま幸せでいてほしい。

その気持ちには、少しも偽《いつわ》りはないはずだ。

なのにたまに、こんなふうにつらい気持ちになってしまうことがある。

ぼくは……こんな感情を抱《いだ》いている自分が、嫌《きら》いだ。

*

「……来たっ！　来たよっ！」

厨房に飛び込んできた和哉が、ひそめた声で言う。

「……本当に、モデルみたいなハンサムだっ！　あんな美形、なかなか……」

小田桐さんが、その言葉にチラリと眉《まゆ》を上げてみせる。和哉はそれに気づいたように、頬を染めながら言う。

「いや、うちの厨房には、彼に負けないくらいのハンサムがいないでもないけど……」

「ああ〜、そんなに見つめ合わない！　妬《や》けるからね！」

一宮《いちみや》が、ドルチェのためのフルーツソースを味見しながら、楽しそうに混ぜ返す。

彼は、この店のデザートを担当するグランパティシエ。

黒髪《くろかみ》と黒い瞳をした、黙《だま》っていればハンサムといえる男だ。だが性格が軽すぎて恋愛《れんあい》関係には苦労していると聞く。何年越《ご》しかの想《おも》い人に告白して受け入れてもらったはいいが、あっという間に尻《しり》に敷《し》かれたらしい。

「まったくうちのグランシェフとコミ・ド・キュイジニエは、本当に仲がいい」

カクテルに使うレモンをスライスしながら言うのは、相模原孝史《さがみはらたかし》氏。タキシード型の制服がよく似合う逞《たくま》しい美形で、見た目も中身もダンディーなこの店のチーフ・ソムリエだ。

「和哉なんか、グランシェフを見るとすぐ赤くなるからなあ。これで男女だったら、職場恋愛かと疑いたくなるところだよ」

訳知り顔で言うのは、郷田《ごうだ》。アスリートのような逞しい身体《からだ》をしたシェフで、ぼくと同じスー・シェフ。そして、オーブンや焼き串《ぐし》を使ったグリエやローストなどの料理を担当するロティスールという係も務めている。

真面目《まじめ》な彼は、まさかこの二人が男同士のカップルとは、夢にも思わないのだろう。

「いや、男女でなくても恋人《こいびと》同士にはなれると思いますよ。……あ、鮎川さんみたいな美人が相手なら……」

恥《は》ずかしそうに言ったのは、入店二年目の前田《まえだ》。在庫の保管や仕込みの監督《かんとく》、そして冷たいオードブルを担当するガルド・マンジェという係を務めている。

茶色の髪と銀縁眼鏡《ぎんぶちめがね》。整った顔をしていて真面目そうに見えるが、ことあるごとにぼくを口説こうとしてくるところがなかなか微笑《ほほえ》ましい。

「鮎川さんも綺麗《きれい》だけど、最近和哉くんも綺麗だよね？」

「グランシェフと和哉くんがカップルだったらとか思うとドキドキしない？」

「ドキドキ、する、する！」

無邪気《むじゃき》に言い合っているのは、ギャルソンの日野《ひの》、吉岡《よしおか》、塩瀬《しおせ》のトリオ。

「リムジンの運転手さんから電話がありました。オーナーがリムジンを降りられたようです」

言いながらスイングドアを開けて入ってきたのは、フロア支配人という意味のメートル・ド・テルである尾形氏。タキシード型のお仕着せがよく似合う、恰幅《かっぷく》のいい紳士《しんし》だ。ギャルソンたちを監督する立場でもある。

「来たか」

小田桐さんが言って、ため息をつく。

「運転手が電話をしてきたところをみると、レストランのエントランスで出迎《でむか》えろと言うことか？　まったく面倒《めんどう》な」

「でももう下ごしらえは終わってるし！　オレたちもオーナーの顔、間近に見たいし！」

和哉の言葉に、小田桐さんはまたため息をつく。

「それなら、下ごしらえが終わっている者だけ、エントランスに行っていい」

メンバーは、やった、でも緊張《きんちょう》する、と言い合いながら、スイングドアから出ていく。

最後に残った小田桐さんが、ふいにぼくを振《ふ》り返る。

「ミラノ本店にいる頃《ころ》、オーナーのことが嫌いだと言っていたな」

そしてどこか心配そうな声で言う。

「どうせただの視察だ。忙《いそが》しいふりをして無視していてもかまわないんだぞ」

……まったく、そんなふうに優《やさ》しいことばかり言うから……。

ぼくは、キリリと胸が痛むのを感じながら思う。

……いつまでも、ぼくはあなたのことをあきらめられないんじゃないですか……。

「好き嫌いを言うほど親しくはありませんから。少し苦手だと言っただけで、個人的な感情はありません」

彼は微《かす》かに笑みを浮《う》かべて、

「それならいい。面倒だが行くか」

彼はスイングドアを押さえて紳士的に道を空け、そしてほんの微かにぼくの背中に触れて、ぼくを先に通してくれる。

普段、仕事中の彼はもちろんこんなことはしない。だが、ふとした拍子《ひょうし》に彼の手がこうやってぼくに触れることがある。

そのたびにぼくは鼓動《こどう》を速くし、しっかりしろ、と自分を叱《しか》りつけることになる。

自分より身体の小さい者にこうやって道を空け、そして守るようにわずかに触れるのは、彼の昔からの癖《くせ》。

端麗《たんれい》な顔のせいでクールに見えるが、彼はとても面倒見がよく、包容力のある人だ。それは料理をするだけでなく、レストランのメンバー全員をまとめるグランシェフという仕事には、必須《ひっす》の素質。

そして彼はレストランのメンバーの一人として、ぼくに優しくしてくれるだけ。ほかのメンバーとぼくとの間には、少しの差もない。

……そこには特別な感情など何もない。それはよく解《わか》っているんだ。でも……。

ぼくは後ろに彼の気配を感じるだけで、なんだか泣いてしまいそうになる。

……彼の指が触《ふ》れた背中が、まだ微かに熱い。

和哉という恋人が現れたせいで、小田桐さんの新しい一面を垣間《かいま》見《み》ることができた。

もともと包容力のある彼は、恋をするとめちゃくちゃな激甘ダーリンになるようだ。小田桐さんの手は、守りたい、というようにことあるごとに和哉に触れている。

例えばたいして乱れていないボウタイをきちんと解《ほど》いて直してやる、朝、彼の髪が乱れていたら、からかいながらもまるでペットを可愛《かわい》がるように愛《いと》おしげに整えてやる、彼がスイングドアを抜《ぬ》けるときには小田桐さんの手はしっかりと彼の肩を抱くし、それに……。

ぼくは、一昨日《おととい》のことを思い出して、胸が強く痛むのを感じる。

一昨日、オーブンから天板を取り出していた和哉が、指先をわずかに火傷《やけど》した。シェフなら指先の軽い切り傷などは珍《めずら》しいことではない。だが小田桐さんは、和哉の「熱っ」という小さな呟《つぶや》きに反応して厨房《ちゅうぼう》の向こう側から一瞬《いっしゅん》で駆《か》けつけた。「大丈夫《だいじょうぶ》だから」と言う和哉の指を勢いよく出した流水に長いことつけさせ、そのあとはきちんと事務所で治療《ちりょう》してやっていた。

和哉はとても照れたような声で「仕事中なのに、あなたは大袈裟《おおげさ》すぎるんだよ」と言っていたが……ぼくはクールだと思っていた小田桐さんにあんなに心配そうな顔をさせた和哉に、恥ずかしいが、わずかに嫉妬してしまった。

小田桐さんにとって、ぼくはほかのメンバーとまったく同じただの店の仲間であり、和哉だけが彼にとって特別な存在なのだと思い知ってしまったからだ。

一方的な感情を持ち続けている自分が……なんだかとても悲しくなる。

……こんな情けないぼくを壊《こわ》してくれるような誰《だれ》かが、ふいに現れてくれればいいのに。

ぼくは苦い気持ちで思い、ふいに頭をよぎった男の顔に、自分で驚《おどろ》いてしまう。

端麗な美貌《びぼう》、傲慢《ごうまん》なほどの自信に溢《あふ》れた目つき、男っぽくどこかセクシーな唇《くちびる》。

『君が欲しい。君を幸せにできるのは、私だけだ』

耳の奥に、彼の低い囁《ささや》きが甦《よみがえ》り、ふいにドキリとする。

……何を考えているんだ、ぼくは？

……あれは、遊び人のただの冗談《じょうだん》。ぼくは、あの男にからかわれたんだ。

ぼくの心の中に、あの時の怒《いか》りが甦る。

自分が恋に不慣れなことは重々自覚している。今までずっと料理に夢中で、告白されても心が動いたことなどなかった。小田桐さんに抱《いだ》いた初めての想いは、こうやってぼくをジワジワと苦しめるだけだったし。

……もう二度と、ぼくは恋などできないのだろうな。

どこか投げやりなあきらめの気持ちが、ぼくの心を虚《うつ》ろにする。

……あの男は、ぼくの隠《かく》していた想いを簡単に見抜き、そしてぼくをからかったんだ。

店のエントランスを出て、エレベーターホールにいるメンバーの後ろに立ちながら、ぼくは拳《こぶし》を強く握《にぎ》りしめる。

……あの男のことが、ぼくはとても苦手だ。

チン！

エレベーターの到着《とうちゃく》を知らせるベルが鳴り、メンバーは緊張に顔をこわばらせる。

エレベーターの扉《とびら》がゆっくりと開く。

そして……中に立っている背の高い男の姿がゆっくりと視界に現れる。

仕立てのいいイタリアンスーツに包まれた、逞しい長身。

まるで彫刻《ちょうこく》のように完璧《かんぺき》なバランスを持った、端麗な顔立ち。

意志の強そうな凛々《りり》しい眉《まゆ》。

高貴なイメージでスッと通った鼻筋。

とても冷徹《れいてつ》そうに見えるのに、どこかセクシーな唇。

そして……あの、自信に溢れた、傲慢な視線。

一点の曇《くも》りもない快晴のアドリア海のような明るいブルーの瞳《ひとみ》が、一瞬の迷いもなく、ぼくを真《ま》っ直《す》ぐに見つめてくる。

……ああ……。

その美しい青い瞳で見つめられるだけで、ぼくの心臓が、壊れそうに速い鼓動を刻み始める。

……もう二度と、会いたくなどなかったのに……。

そこに立っていたのは……ぼくがずっと忘れられなかったあの男、アルマンド・ガラヴァーニだった。

アルマンド・ガラヴァーニ

エレベーターのドアがゆっくりと開く。

そして私は、ずっと忘れられなかった、彼の顔を一瞬で見つけだす。

口々に挨拶《あいさつ》をしてくるシェフたちとは少し離《はな》れた場所に、彼は真っ直ぐに立っていた。

白いシェフコートに包まれた、しなやかな身体《からだ》。

ふわりと柔《やわ》らかそうな、栗色の髪《かみ》。

傷一つなく滑《なめ》らかな、象牙《ぞうげ》色の肌《はだ》。

すっと通った鼻筋。

咲《さ》いたばかりのバラの花のような、瑞々《みずみず》しい薄紅色をした唇。

けぶるような長い睫毛《まつげ》の下、宝石のように煌《きら》めく褐色《かっしょく》の瞳。

彼の目が、私を真っ直ぐに見つめている。

とても強いその視線の奥に、どこか怯《おび》えるような、しかしどこかで誘《さそ》うような、彼の内面が見え隠れしている気がする。

……ああ……。

私は、彼の姿から目を離せなくなりながら、思う。

……私はまだ、こんなに彼のことを愛している。

私の胸をこんなに熱くさせる、彼の名前は、鮎川雪彦。二十六歳。

この若さで一流店『リストランテ・ラ・ベランダ・トーキョー』のスー・シェフを務めるほどの才能の持ち主。若き天才シェフとして、近い将来、料理界にその名をとどろかせる存在になるはずだ。

そして、私の名前は、アルマンド・ガラヴァーニ。二十九歳。

ミラノの大富豪《だいふごう》、ガラヴァーニ家の嫡子《ちゃくし》で、世界中に一流レストランを持つ『リストランテ・ラ・ベランダ』グループ全体の現オーナーでもある。レストランオーナーはとても魅力《みりょく》的でやりがいのある仕事だが、残念ながら本業ではない。ガラヴァーニ家の次期当主候補としてガラヴァーニ・グループのいくつかの会社の取締役《とりしまりやく》を務め、そちらが今のところ本業だ。

「ようこそ、『リストランテ・ラ・ベランダ・トーキョー』へ」

雪彦の隣《となり》に立っている長身の男が、どこかムッとした声で言う。

彼の名前は、小田桐宗一郎。二十九歳。この『リストランテ・ラ・ベランダ・トーキョー』の現在のグランシェフだ。彼がミラノ本店で修業《しゅぎょう》をしている頃《ころ》、私は毎晩のように通っていたので彼のことはよく知っている。

逞《たくま》しい身体と彫《ほ》りの深いハンサムな顔、そしてとんでもない料理の腕《うで》を持った天才。だが、そのルックスと才能に反比例して、その性格は最悪だ。

「スタッフ一同、オーナーを歓迎《かんげい》しますよ」

いちおう言うが、彼の目は私を完全に威嚇《いかく》している。

「歓迎をありがとう、諸君」

私は、わざと晴れやかな笑顔《えがお》を浮《う》かべながら言う。

……小田桐は、コンテストで出会った『鷹野和哉』という名前の若いシェフの才能に惚《ほ》れ込み、この店に入店させたはず。

「この『リストランテ・ラ・ベランダ・トーキョー』は、世界中にある『リストランテ・ラ・ベランダ』グループの店の中でも、特に評価が高い」

私は言いながら、エレベーターホールにずらりと並んだメンバーを見渡《みわた》す。

「今回、視察に来ることを、私はずっと楽しみにしていた」

一番右端《みぎはじ》の最前列に、目をキラキラさせたやんちゃそうな美青年がいた。

スポーツが得意そうな引き締《し》まった身体に白のシェフコート、首には新人の印であろう、ほかのメンバーとは違《ちが》う赤いボウタイが巻かれている。

……彼が、例の鷹野和哉だな？

思いながら小田桐に目をやると、彼は本気で威嚇するように微《かす》かに眉を寄せてみせる。

……なるほど、小田桐は鷹野和哉にこれほど夢中というわけだ。

「この店の素晴《すば》らしさを、今回の視察で、私にも堪能《たんのう》させてもらえると嬉《うれ》しい」

メンバーたちは嬉しそうに頬《ほお》を染めながら、それぞれ深くうなずいている。

メートル・ド・テルの尾形氏はベテランだが……ほかのメンバーはまだとても若い。やる気と明るさに溢《あふ》れた彼らの様子は、そのままこの店の評価の高さにもつながっているのだろう。

「まず、バックルームと厨房《ちゅうぼう》をご案内します。この店の開店パーティーに、オーナーはいらっしゃれませんでしたし」

小田桐が、嫌《いや》みな声で言いながら、私と美青年の間にさりげなく割り込んでくる。

美青年は不満そうな顔をするが、小田桐にチラリと見下ろされて、頬を染めている。

……どうやら、無事に彼の心を射止めたようだな。

「私の代わりに、会長である私の父が来ただろう？　私は仕事でどうしても抜《ぬ》けられなかった。もちろん、とても来たかったんだが」

私は言いながら、雪彦に視線を移す。

……もしも開店パーティーに来られていたら、もっと早く君と再会することができたのに。

思いながら雪彦を見つめるが……彼は微かに眉をひそめ、そしてさりげなく私から視線をそらしてしまう。

……相変わらず、とても美しくて、そしてとても冷たいお姫《ひめ》様だ。

しかし、彼のすべてが、私の心をこんなに揺《ゆ》らしてしまう。

……だが、二年前よりもますます美しくなって、そしてますます魅力的になっている。

私は思い……それから、あることに気づいて、心が痛むのを感じる。

……ミラノにいる頃の雪彦は、ずっと小田桐のことばかりを見ていた。

……恋人《こいびと》同士になった小田桐と和哉を間近で見るのは、きっととてもつらいだろうに。

鮎川雪彦

「くそ、またか!」

ぼくは悪態をついて、割れてしまったパイをゴミ箱に放《ほう》り込む。

今日のランチの魚料理は、『的鯛《まとだい》のポワレ　赤ワイン風味のデグラッセ・ソース　とうもろこしのスフレと、パイ細工を添《そ》えて』。

皿の上に二色のソースで模様を描《えが》き、香《こう》ばしくソテーした的鯛と軟《やわ》らかなスフレを盛って、その上に笹《ささ》の葉のように見える薄くて美しいパイ細工を三本、高く交差するように飾《かざ》る。

小田桐さんの考案するレシピは、料理をするのに人並みはずれた高度な技《わざ》が要求されるだけでなく、飾り付けもとても難しい。

小田桐さんが焼き上げたこのパイ細工は、フォークで触《ふ》れた瞬間《しゅんかん》にサクリと崩《くず》れてソースに華《はな》を添えるように作られたもの。とんでもなく繊細《せんさい》だ。未熟なシェフの手にかかれば、交差させる前に指で持っただけで折れてしまう。

……だが、いつものぼくなら、何の苦労もなく盛りつけることができるはず。

「大丈夫《だいじょうぶ》ですか？　そんなミスを連発するなんて、鮎川さんらしくないです」

調理台の隣でほかの前菜の盛りつけをしていたガルド・マンジェの前田が、心配そうにぼくの顔を覗《のぞ》き込んでくる。

「大丈夫だ。たまには失敗も……あっ」

ぼくの手の中で、また一つ、パイ細工がポキリと二つに折れる。

「まったく。あんな男が来るからだ」

すぐ後ろから聞こえた低い美声に、ぼくはギクリとする。空気がふわりと動いて、誰《だれ》かがぼくのすぐ後ろに立った気配。

「おまえがこんなにミスを連発するなんて、前代未聞《みもん》だな」

「すみません、グランシェフ」

ぼくは振《ふ》り返り、そこに立っていた小田桐さんに頭を下げる。

「せっかくグランシェフが作ったパイ細工を、こんなに無駄《むだ》にしてしまいました」

「とりあえず多めに作っているので大丈夫だろう。……おまえのせいじゃない。あの男が来たのが悪いんだ。まったく調子が狂《くる》う」

小田桐さんはムッとした声で言う。

「でも、なかなか見られないような美形だよね？　オレ、見とれちゃった！」

シンクに入った寸胴鍋《ずんどうなべ》を元気に洗いながら、和哉が楽しげな口調で言う。

「あんなものすごいハンサムで、しかも大富豪の御曹司《おんぞうし》なんて、信じられない！」

小田桐さんは、曇《くも》っていた顔をますます曇らせる。和哉は、彼の機嫌《きげん》が悪い原因が自分にあることにやっと気づいたのか、慌《あわ》てて言う。

「いや、でも、やっぱりオレは料理が作れる人が素敵だと思うな〜」

小田桐さんは、今さら遅《おそ》いよ、という顔で眉《まゆ》をつり上げる。さりげない様子で和哉に近寄り、通り過ぎざまに彼の耳に口を近づける。

「……悪い子だ。今夜はうんとお仕置きだな」

ランチ前の厨房、戦場のような忙《いそが》しさの中。彼の微かな囁《ささや》きが、なぜかぼくの耳まで届いてしまった。

「……あ……っ」

和哉は小さく息を呑《の》み、そのまま動きを止める。

小田桐さんが通り過ぎた後も、しばらくそのまま陶然《とうぜん》とし……それから、何かを思い出したようにいきなりフワリと頬を染める。

恥《は》ずかしげに長い睫毛《まつげ》を瞬《また》かせ、泣きそうに目を潤《うる》ませて……それからやっと自分がどこにいるかに気づいたように、寸胴鍋を必死で洗い始める。

彼が勢いよく腕を動かした拍子《ひょうし》に、赤いボウタイがわずかにずれる。

蚊《か》に刺《さ》されたような紅《あか》い痕《あと》が、チラリと一瞬覗いたのを見て、ぼくはドキリとする。

……キスマーク？

……いや、まさか……。

「鮎川！」

いきなり後ろから言われて、ぼくはハッと我に返る。郷田がぼくの手元を覗き込んでいて、

「また一個、握《にぎ》りつぶしてるぞ！」

「え？　あっ」

ぼくの手の中で、繊細な層を持つパイ細工が、細かい塵《ちり》のように砕《くだ》け散っていた。

「とりあえず、交替《こうたい》しませんか？　パイの飾り付けはぼくがやりますんで！」

心配そうな顔の前田に言われ、ぼくはため息をつく。

「すまない。どうも今日は調子が出ない。……そっちの前菜は、ぼくが担当するから」

ぼくは前田と場所を交替し、ラビオリにリコッタチーズを詰《つ》める作業を始める。

小田桐さんや和哉が心配そうに見ていることに気づき、ぼくは居たたまれない気分になる。

……ああ、本当にあの男が悪いんだ！

ガラヴァーニは、小田桐さんをミラノ本店のグランシェフになるようにずっと以前から口説いている。

一カ月前、ミラノ店の前グランシェフが引退する前には、和哉に拒絶《きょぜつ》されたと思った小田桐さんは、その話を受けてしまいそうにまでなったし。

結局、和哉と結ばれることができた小田桐さんはその話を直前で断り、ミラノ本店には別の一流店から引き抜《ぬ》いてきたファビオ・セレベッティというシェフが就任した。彼は料理界にその名をとどろかせた若き天才で、彼の作る料理は『リストランテ・ラ・ベランダ・ミラノ』の名に恥じないこのうえなく素晴《すば》らしいものだという評判なので、とりあえずミラノ店のことは一安心だと思っていたのだが……。

情報通のソムリエ、相模原さんから聞いたあの噂《うわさ》を思い出して、ぼくはため息をつく。

セレベッティ氏はまだ三十歳の若さで才能を発揮している天才だが、スー・シェフをはじめとするもともといたシェフたちは高齢《こうれい》のため、いつ彼らが引退するかは時間の問題だという。彼らが辞《や》めた後、ミラノ店の伝統を守ることが難しくなるのではないかと取締役《とりしまりやく》の間で懸念《けねん》されていて、そのために、ミラノ店で修業《しゅぎょう》を積んだことのある若いシェフをミラノ店に異動させようという動きがあるらしい。

ぼくもミラノで修業を積んだうちの一人ではあるが……ぼくのような若輩《じゃくはい》者が抜擢《ばってき》されることはまずないだろうと思う。ガラヴァーニが狙《ねら》っているのは、小田桐さんだろう。

……彼は、視察と称《しょう》して、小田桐さんが東京に固執《こしゅう》する理由を探《さぐ》りに来たのかもしれない。

……だとしたら、まだ小田桐さんをミラノ本店に引き抜くことをあきらめていない。

小田桐さんが熱愛する和哉を置いてミラノに行くとはとうてい思えない。でも、もしも和哉が一緒《いっしょ》にミラノに行って修業をしたいと言ったとしたら……？

ぼくの心が、ズキリと激しく痛んだ。

小田桐さんと別れ別れになることを思うと、ぼくはまだこんなにつらい気持ちになる。

そして、ますますあのガラヴァーニのことが憎《にく》らしく思えてくる。

実は……ぼくは二年前、あのアルマンド・ガラヴァーニに口説かれたことがある。

それは、ぼくが当時働いていた、ミラノにある『オステリア・ダ・ミケーレ』というレストランでのことだった。

＊

ミラノ。

ディナーの時間帯だというのに、倦怠感《けんたいかん》に満ちた『オステリア・ダ・ミケーレ』の厨房《ちゅうぼう》。

先代のグランシェフ時代には超《ちょう》一流店と言われたここも、才能のない彼の息子《むすこ》が跡《あと》を継《つ》いでからと言うもの、日に日にそのレストランとしての質を落としている。

昔は、たくさんのグルメで溢《あふ》れていた店内。だが、今では古いガイドブックに騙《だま》されてやってきた観光客が、辛《かろ》うじてぽつりぽつりと席を埋《う》めている状態。しかも彼らは、この後とんでもない高額の食事代を請求《せいきゅう》されることになる。

「大変だ！　アルマンド・ガラヴァーニが店に来たっ！」

厨房に飛び込んできたウエイターが、いつものだらけた雰囲気《ふんいき》が嘘《うそ》のように、興奮した様子で叫《さけ》ぶ。

「アルマンド・ガラヴァーニ？『リストランテ・ラ・ベランダ』グループのオーナーか！」

「『リストランテ・ラ・ベランダ・ミラノ』とここは、ライバル同士じゃないか。敵情視察じゃないのか？」

ただでさえやる気のないシェフたちが、料理のことなど忘れて噂話《うわさばなし》を始める。

有名人が来るたびに大騒《おおさわ》ぎになる彼らのゴシップ好きはいつものこと。いつもならぼくは心の中で冷笑《れいしょう》して、すぐに仕事に集中できるのだが……。

ぼくは『手長海老《えび》と白アスパラガスのムース　ポルチーニ茸《だけ》のディクセル添《ぞ》え　ソース・ヴィネグレット』（もちろんこの店のだらけたグランシェフやポワッソニエのものではなく、ぼくが作ったレシピだ）に使うソースを作りながら、ドキリとする。

『リストランテ・ラ・ベランダ』グループといえば、ミラノでも、世界でも屈指《くっし》の質を誇《ほこ》る本物の一流レストラン・グループ。そして……料理学校に通っている頃《ころ》からの先輩であり、誰よりも尊敬している小田桐宗一郎さんが働いている店だった。

実は。料理学校に通っている頃からぼくは小田桐さんに心酔《しんすい》していた。そして、それだけでなくその気持ちは、恋《こい》といえるほどに熱く発展していて。

そのことを自覚したぼくは、彼にそれを知られるのが怖《こわ》くて、あえて彼と同じ店ではなく、ライバル店と言われていたこの『オステリア・ダ・ミケーレ』に就職したんだ。

しかし。『オステリア・ダ・ミケーレ』の厨房の雰囲気は悪く、才能のない新しいグランシェフの作る料理は大味で、小田桐さんの繊細《せんさい》かつ獰猛《どうもう》な味には到底《とうてい》かなわなかった。

このままでは自分はダメになる、料理学校時代、小田桐さんのそばで学び取ったことをすべて忘れてしまうかもしれない、そう思ったぼくは、自分の気持ちを抑《おさ》えて『リストランテ・ラ・ベランダ・ミラノ』の試験を受けに行こうかと悩《なや》んでいたところだった。

あの店の試験はとんでもなく厳しく、しかもライバル店で働いているぼくが合格できる確率はきっととても低い。

……でも、もしも『リストランテ・ラ・ベランダ』のオーナーに自分の味を認めさせることができれば、ぼくは小田桐さんと同じ店で働くことができるかもしれない。

その頃のぼくは、実力を認められて、ポワッソニエのアシスタントをさせてもらっていた。しかも、当のポワッソニエはその日はデートのためにズル休みで……。

……もしかしたら、これが、千載一遇《せんざいいちぐう》のチャンスかもしれない。

「大変だ！　オーダーが入ったぞ！」

メートル・ド・テルがあたふたと厨房に駆《か》け込んでくる。先代が雇《やと》っていた口うるさいが優秀《ゆうしゅう》なメートル・ド・テルは先月クビになり、どこかのパブから拾われてきたようなルックスがいいだけの男が、この店のメートル・ド・テルになった。彼のひどい接客態度を見るたびに、この店ももうおしまいだな、と思う。

メートル・ド・テルは、厨房の隅《すみ》でタバコをふかしていたグランシェフ（それだけでシェフ失格だ）に駆け寄り、メモを読み上げる。

「『この店で一番いいシャンパンと、一番お奨《すす》めの前菜を一つ。それから牡蠣《かき》で何か作ってくれ。だが、生牡蠣はもう飽《あ》きた』だそうです！」

「ええっ？」

見た目ばかりがシェフらしく、料理のセンスはゼロに近いグランシェフは、そのわがままなリクエストに目を白黒させる。

「牡蠣だと？　どうしてよりによって……！」

『オステリア・ダ・ミケーレ』のグランシェフは、実は大の牡蠣嫌《ぎら》いだった。自分が嫌いだからと言って『オステリア・ダ・ミケーレ』のメニューには、おざなりに『旬《しゅん》の生牡蠣・レモン添え』と書かれているだけ。しかも近所の市場で買ってくるあまり質のよくない牡蠣にレモンを添えただけのものだ。

「うちで出すようなあんな安い牡蠣を食べさせたら、あの男にどんな悪口を言いふらされるか解《わか》らないぞ！　どうすりゃいいんだ？」

自ら暴露《ばくろ》しながら、見苦しく動揺《どうよう》するグランシェフに、ぼくは心から落胆《らくたん》する。

……この店は、もう本当にダメだ。これ以上ここにいては、ぼくは自滅《じめつ》してしまう。

ぼくはそう思い……そのことで、逆に心が決まる。

……どうせ辞めるのならば、悔《く》いのないように仕事をしてから、この店を辞めてやる。

「ぼくにお任せください」

一歩踏《ふ》み出して言うと、グランシェフはすがるようにしてぼくの両腕《りょううで》を掴《つか》む。

「何かできるのか、鮎川くん！」

ぼくは深くうなずいて、

「ただ、最高の牡蠣を探すのに時間が少しかかります。シャンパンと前菜で、三十分ほど保《も》たせてほしいんです。ぼくが下ごしらえをしておいた……」

ぼくはバットに並べた『手長海老と白アスパラガスのムース』と『ポルチーニ茸のディクセル添え』、そして鍋《なべ》にできあがっている『ソース・ヴィネグレット』を示す。

「……それを盛りつけて、彼に出してください」

「ガルド・マンジェである私の前菜をさしおいて、新人ポワッソニエの君が自分の前菜を『一番のお奨め』として出そうというわけか？」

自信過剰《かじょう》のガルド・マンジェが、怒《おこ》った顔でしゃしゃり出てくる。ほかの一流店から引き抜かれてきたシェフだが、とても古いセンスの持ち主で、彼が作る前菜は三流ホテルの食べ放題の前菜よりもひどいと評判だ。彼がいたレストランではプライドと給料ばかりが高い厄介《やっかい》者を追い出すことができて胸を撫《な》で下ろしていると聞いた。

「今日の前菜である『白インゲンのリボッリータ　ガーリックトースト添え（豆とパンを煮込《に》んだリボッリータ地方のごった煮風のスープに、分厚いガーリックトーストを添えてしまったとんでもなく重い一品）』と『バッカラ・マンテカート　ポレンタ添え（塩漬《しおづ》けのタラのミンチに牛乳、ニンニクなどを加えたペースト。ヴェネツィアの伝統料理だが、彼が作るこれはなぜかとてつもなく生臭《なまぐさ》い）』では、牡蠣とは少し合わないのでは？」

本当にそんなシロモノをあのアルマンド・ガラヴァーニに出す勇気があるのか？　と思いながら睨《にら》み上げると、アントルメティエは気圧《けお》されたように黙《だま》る。それから、

「そ、そうだな。残念ながら、今日の私のスペシャリテは、牡蠣には合わないようだ」

この場は逃《に》げを打ち、何かあったら責任をぼくに押しつけることに決めたのか、薄笑《うすわら》いを浮《う》かべてぼくの肩《かた》を馴《な》れ馴《な》れしく叩《たた》く。

「今日のところは、若い君にチャンスを譲《ゆず》ろうじゃないか。いや、残念だなあ」

高笑いをしながら、逃げるような早足で、自分のポジションに戻《もど》っていく。

「すぐに準備します。お願いします」

ぼくは呆然《ぼうぜん》とした顔のグランシェフに言い、出口のフックにかけてあった上着を羽織って、そのまま厨房から走り出る。

……こうなったら……。

エレベーターで一階まで下り、ビルの裏口から路地に走り出しながら、ぼくは心を決める。

……アルマンド・ガラヴァーニという男をうならせる、素晴《すば》らしい料理を作ってやる！

シェフとしての探究心だけでなく、もともと魚介類《ぎょかいるい》が大好きなぼくは、ミラノ中の鮮魚店《せんぎょてん》やマーケットを熟知している。

あの店にいてはほとんどその知識は役には立たないが、ぼくはそれでもマーケットを回り、休日のささやかな楽しみのために、最高の食材を常に探し続けていた。

だから、夕暮れ時のこんな時間でも、どの店になら極上《ごくじょう》の牡蠣が置かれているかが、想像できる。

……生の牡蠣はたいていの店では早朝にまとめて入荷《にゅうか》する。だから、探すのはとても難しいかもしれないが。

ぼくは人でごった返すマーケットの中を走り回り、何軒《けん》もの店に「この時間ではいい牡蠣はない」と断られ……そして祈《いの》るような気持ちで何軒目かの店に飛び込む。

乱れた呼吸の下で、必死で言う。

「最高級の牡蠣を探しているんです。レシピは……」

ぼくの説明に、頑固《がんこ》な店主はいつもの仏頂面《ぶっちょうづら》で、

「うちの店で、最高級じゃないものなんか、扱《あつか》ったことがあるかね？……さっき届いたばかりのいいのがある。待ってな」

言って店の奥に入り、そして目を瞠《みは》るような素晴らしい牡蠣を見せてくれた。

ぼくは分けてもらった牡蠣を持ち、路地を抜《ぬ》けて店に駆け戻った。

店に駆け戻った時、ガラヴァーニは前菜を半分ほど食べ終えたところだった。

「今から調理するのでは、もう間に合わないのではないか？　どうするんだ、鮎川くん？」

グランシェフが、弱気なことを言ってすがるようにぼくを見る。

「大丈夫《だいじょうぶ》ですから、どいてください」

ぼくは彼を押しのけ、全速力で料理を作り始める。

店主が分けてくれたのは、この市場では珍《めずら》しい平たい円形のブロン牡蠣と、マレンヌ・オレロン地方の塩田でとれる雫《しずく》形をしたクレール牡蠣の二種類だった。

どちらもとても素晴らしい品で、ナイフで殻《から》を開けると美味《おい》しそうなジュースが溢《あふ》れ出た。

ぼくはそのジュースを残らずボウルに丁寧《ていねい》に採り、それを使ってグラタン用のホワイトソースを作った。

牡蠣の身の表面をごく軽くソテーして、二度目に出てくる新鮮なジュースを閉じこめる。それを殻に戻し、ホワイトソースで丁寧に覆《おお》う。高温のサラマンドルで四十秒だけ焼き目をつけ、それをロシア産のバラ色の岩塩で覆った黒い皿の上に置く。ごく薄くスライスし、エシャロットバターを塗《ぬ》って香《こう》ばしく焼いたぼくの手製のパン・ド・セーグルを上にそっと飾《かざ》る。

「……できました」

ぼくが言うと、固唾《かたず》を呑《の》んで見守っていた厨房《ちゅうぼう》のメンバーが、ホッとため息をつく。

「よかった！　これでなんとかごまかせるな！」

グランシェフが言いながら、慌《あわ》てて駆け寄ってきて、

「ご苦労だった！……ええと、料理名はなんと言えばいいのかな？」

愛想《あいそ》笑いを浮かべながら、皿を取り上げようとする。伸《の》ばされた彼の手の下をくぐるようにして、ぼくは皿を持ったままで彼の脇《わき》を通り過ぎる。

「運んでいる間に考えます」

言い捨てて、呆然とするシェフたちの間を縫《ぬ》って厨房を横切り、店に出る。

ひどい料理を出しているというのに、店内は満席だった。だが、人々は誰《だれ》一人として満足げな顔はしていない。おしゃべりに夢中になっているか、一流店だったはずでは？　という顔で首を傾《かし》げながら料理を食べているか。

……やはり、ここで働くのは今夜限りだ。

ぼくは、こんな店で半年間も過ごしてしまったことを、猛烈《もうれつ》に後悔《こうかい》する。

……その半年の間に、きっとぼくの腕はとても鈍《にぶ》ってしまっている。

……『リストランテ・ラ・ベランダ』グループで働ける可能性など、たぶん、限りなくゼロに近いだろう。

……ただ、やるだけのことはやって、後悔せずにこの店を後にしたい。

ぼくは思いながら、テーブルの間を縫って歩く。

シェフコートを着ているにもかかわらず、店の入り口にデカデカと掲《かか》げてあるグランシェフとは違《ちが》う人間。それが皿を持って店内を歩いているのが不思議なのか、客たちが一様に、珍しそうにぼくを振《ふ》り返る。

普段《ふだん》なら、ぼくのような新米が挨拶《あいさつ》に出てくることなど絶対に許されない。

……だが、今夜だけは……。

店の一番奥、最上の席。ミラノの市内を見渡《みわた》せるテーブルに、その男は座っていた。

夜景を見渡せるように席は窓の方を向いていて、彼の後ろ姿しか見えない。

大きな窓の外には、広がる夜景。ライトアップされたドゥオモが、美しく煌《きら》めいている。

……ああ、この夜景を見るのも、今夜が最後か。

……料理も待遇《たいぐう》も最悪だが、夜景だけは綺麗《きれい》な店だったな。

ぼくは妙《みょう》に感慨《かんがい》深い思いで夜景を見つめ、それから、テーブルに向き直る。

ステイディッシュの上に、作り上げた料理を丁寧に置く。

白いテーブルクロスの上、蠟燭《ろうそく》の灯《あか》りに照らされた、ぼくの料理。

それはまるで、ぼくの目には宝石のように煌めいて見えた。

……こんな美しい料理に、ひねった長い名前を付けることはない。

「『二種の牡蠣《かき》のミニグラタン　エシャロットバターつきの自家製パン・ド・セーグルを添《そ》えて』でございます」

ぼくはごくシンプルに説明して、頭を下げる。

思ったよりも近くで聞こえた、セクシーな低い美声に、少しドキリとする。

「……美しいな」

そこに座っている男が、ぼくの作り上げた皿を見つめて呟《つぶや》く。

「この店で、こんな美しい牡蠣の料理に出会えるとはね」

彼に目を移したぼくの鼓動《こどう》が、そのままどんどん速くなる。

いかにも上等そうなイタリアンスーツに包まれた、逞《たくま》しい肩。

額に落ちかかる、艶《つや》のある漆黒《しっこく》の髪《かみ》。

彼の横顔は、まるで天才が彫《ほ》り上げた彫像《ちょうぞう》のように、完璧《かんぺき》なラインを描《えが》いていた。

彫り込まれたような奥二重《おくぶたえ》、男らしく通った鼻筋。形のいい唇《くちびる》。

ぼくの料理を見つめていた彼が、ふいにぼくの方を振り返る。

彼の目が、まるで射るように鋭《するど》い視線でぼくを見つめた。

すこしすがめたようなセクシーな目。

そして彼の瞳《ひとみ》は……まるで晴れ渡るアドリア海のような澄《す》み切ったブルーだった。

彫刻のように完璧なバランスを保っているために、彼の美貌《びぼう》はともすれば冷徹《れいてつ》で酷薄《こくはく》そうに見える。

しかし、彼のその瞳が……そのバランスをわずかに崩《くず》していた。

そんなに澄み切った色なのに、彼の視線はとても獰猛《どうもう》で、そして見つめられるだけでどこかがおかしくなりそうなほどに、セクシーで……。

……彼が、アルマンド・ガラヴァーニ……。

ぼくは彼から目を離《はな》せなくなりながら、呆然《ぼうぜん》と思う。

……ガラヴァーニ・グループの若きエグゼクティブが、こんな、とんでもなく美しい男だったなんて。

彼はそのまま、何も言わずにぼくを見つめ続けた。それからふいに唇を動かし、少し呆然としたような声で言う。

「君は？」

「あ……」

呆然と見とれてしまっていたぼくは、彼の声にハッと我に返る。

……きっと彼は、グランシェフでない男が皿を持ってきたことが不満なんだ。

……でも、ここでビビるなんて、ぼくのプライドが許さない……。

「鮎川雪彦です。この店でポワッソニエのアシスタントをしています」

ぼくは胸を張って本当のことを言い、心の中で今日までだけど、と付け加える。彼はどこか楽しそうな顔になって、

「なるほど、ポワッソニエのアシスタント、ね」

その唇に、妙にセクシーな笑《え》みを浮《う》かべる。

「それくらい、自信のある一品ということか。……いただこう」

「ごゆっくりどうぞ」

本当は彼がどんな顔をして牡蠣を食べるかを見届けたかったが、いつまでも突《つ》っ立っているわけにもいかない。名残惜《なごりお》しい気持ちで会釈《えしやく》し、踵《きびす》を返そうとするぼくに、

「感想が聞きたくはないか？」

彼がいきなり聞いてくる。

「……あ……」

まるで心を読まれたかのようなタイミングに、ぼくは驚《おどろ》いてしまう。

「……それは……もちろん聞きたいです」

「それなら、ここにいなさい」

彼は言ってフォークを取り上げ、丸い殻に入ったブロン牡蠣の表面をそっと撫《な》でる。

「美しい焼き色だ。香ばしそうな焦《こ》げと、ホワイトソースのバランスもいい」

言ってフォークをそっと刺《さ》し、殻の中からブロン牡蠣を持ち上げる。

トロトロのホワイトソースを纏《まと》ったブロン牡蠣が、プルンと弾《はず》むように震《ふる》える。

「ブロン牡蠣か。よく手に入れたな。とても新鮮《しんせん》そうだ」

彼は言って、添えてあったエシャロットバターを薄く塗ったパン・ド・セーグルの上に、牡

蠣を載《の》せる。

そしてそれをゆっくりと口に運ぶ。

彼のとても美しい白い歯が、牡蠣の載ったパン・ド・セーグルを齧《かじ》る。

サクッというごく軽い音がしてパン・ド・セーグルが割れ、嚙《か》み切られた牡蠣から新鮮な牡蠣のジュースが溢《あふ》れ出る。

彼の美しい指に、溢れたジュースがトロトロと伝う。

「……あ……っ」

それを見て、ぼくは思わず小さく声を上げる。

……パン・ド・セーグルを添えればこういう食べ方を当然したくなるはず。

……熱いジュースで火傷《やけど》をしないように、もっと考えるべきだった……。

彼の指を伝う熱そうな牡蠣のジュースを見ながら、ぼくは青くなる。

……ああ、ぼくは、シェフとして、まだまだ修業《しゅぎょう》が足りない……。

彼は最初の一口をゆっくりと味わい、そして飲み込む。

そして手の中に残ったもう一口のパン・ド・セーグルをゆっくりと口に運ぶ。

ぼくの鼓動が、なぜかどんどん速くなる。

……彼は、ぼくの料理を、美味《おい》しいと思ってくれるだろうか？

彼は黙《だま》ったままブロン牡蠣のグラタンを食べ終え、そしてもう一種類の牡蠣に手を伸ばす。

「クレール牡蠣か。産地は？　マレンヌ・オレロン？」

「はい。マレンヌ・オレロンの塩田でとれたクレール牡蠣です」

「いただこう」

彼は言って、牡蠣をフォークでパン・ド・セーグルに載せる。

そしてまた、その半分を齧る。

サクッ。

香《こう》ばしい音、そして彼の美しい指を伝う、牡蠣のジュース。

彼は牡蠣を食べ終え、そしてどこかワイルドな仕種《しぐさ》で、ジュースに濡《ぬ》れた指をしゃぶる。

……ああ……。

ぼくは彼に見とれてしまいながら、思う。

……この男の食事をする姿は……なんてセクシーなんだろう？

彼はため息を一ついて、空になった皿を見つめる。それからぼくに目を移して言う。

「美味しかった」

「……えっ？」

呆然と見とれていたぼくは、彼の言葉を聞き逃《のが》しそうになる。

「美味しかったと言っている」

「あ……」

　ぼくはその言葉に、いきなり泣いてしまいそうになる。

「さっきの『手長海老《えび》と白アスパラガスのムース　ポルチーニ茸《だけ》のディクセル添え　ソース・ヴィネグレット』も、この店のグランシェフではなく、君が作ったものだな？」

　彼の言葉に、ぼくは驚いてしまう。

「どうして、それを……？」

「この店のシェフが、あんなに素晴《すば》らしい前菜を出せるはずがない」

　彼は言って、ぼくの顔を真《ま》っ直《す》ぐに見つめる。

「あの前菜も、とても美味しかった。君は若いようだが、素晴らしい才能を持ったシェフだ。これからも頑張《がんば》りなさい」

　彼のその一言に、天にも昇《のぼ》る心地《ここち》がする。

「ありがとうございました！」

　彼に向かってお礼を言い、空になった皿を摑《つか》んで踵を返す。

　……最後に、いい思い出ができた。

　……この店には、もう未練はない。

　そして、自分がこの店で働くことにいかに疲《つか》れていたかに気づく。

　雰囲気《ふんいき》や待遇《たいぐう》の悪さではなくて……ぼくは、料理に情熱を注いでいる人間としか、一緒《いっしょ》に仕事をしたくないんだ。

……『リストランテ・ラ・ベランダ・ミラノ』の試験を受けに行こう。

ぼくは厨房《ちゅうぼう》に戻《もど》りながら、決心する。

……落ちてもいい。

……それでも、今のままの自分でいるよりも、ずっといい。

＊

そして一ヵ月後。

たくさんの試験を切り抜《ぬ》け、ぼくはめでたく『リストランテ・ラ・ベランダ・ミラノ』の試験に合格した。

「明日から一緒に頑張りましょう」

グランシェフに言われ、握手《あくしゅ》を求められて、ぼくは夢の中にいるかのような気持ちだった。

「おめでとう、これからは同じ店の仲間だな」

小田桐さんにそう言われ、優《やさ》しく微笑《ほほえ》まれて……ぼくは、あのガラヴァーニという男に心の中で感謝した。

実技の試験では、オーナーであるガラヴァーニも、当然審査員《しんさ》を務めていた。

彼はぼくと目を合わせようとしなかったし、まるでぼくのことなど忘れたかのような顔で審査をしていた。

……三流レストランで働いていた新米シェフの顔など、覚えているわけがない。

それはとても悔《くや》しいことだったけれど……少なくとも、彼のあの時の『美味しい』という一言で、ぼくは一歩踏《ふ》み出すことができたんだ。

「明日から、よろしくお願いします。失礼します」

ぼくは厨房にいるメンバーに向かって言い、彼らの「また明日」という声に心があたたかくなるのを感じながら、裏口から外に出た。そして、そのまま家に帰ろうとし……。

「鮎川くん」

後ろから聞こえた声に、ぼくは驚いて立ち止まる。

その声には、聞き覚えがあった。しかしぼくに話しかけてなど絶対に来ないはずの……。

……まさか……？

ぼくは思いながらゆっくりと振《ふ》り返り……。

「……あ……」

そこにいた長身の人影《ひとかげ》を見て、ぼくは驚いて声を失う。そこにいたのは……。

「……ガラヴァーニ、さん……」

「そうだ。ずっと君を待っていたんだ」

「ぼくを？」

彼は深くうなずいて、それからやけに深刻な顔でぼくに近寄ってくる。

「君に惚《ほ》れた」

「……は？」

「私の専属シェフにならないか？」

その言葉の意味が、ぼくには理解できない。

……これは彼独特のジョークなのだろうか？

「ええと……ガラヴァーニ家のお屋敷《やしき》の専属シェフということですか？」

呆然《ぼうぜん》と聞くぼくに、彼はこのうえなく深刻な顔をして深くうなずく。

「……というより、私の専属シェフと言ったほうがいい。ミラノの屋敷にいる時はもちろんだが、私が視察で世界中を回る時にも、君に同行してもらいたい」

「……世界中に、同行……？」

その言葉は、とても魅力《みりょく》的ではあったが……。

「でも、ガラヴァーニ家のお屋敷には高名なシェフが専属でいると聞いたことがありますし、ぼくは『リストランテ・ラ・ベランダ・ミラノ』で働きたいと思って……」

「昼間、レストランで働くことは許す。立派なシェフになるのは、きっと君の夢だろうから」

彼はそこで微笑んで、妙《みょう》にセクシーな声で囁《ささや》いてくる。

「だが、それ以外の時間は、私と一緒にいてほしい」

「……え……？」

「君が欲しい。君を幸せにできるのは私だけだ」

ぼくは呆然とし……そしてあることを思い出して、呆然とする。

「それは……」

「私はゲイなんだ。君の美しさと、そしてシェフとしての才能に惚れた」

彼のブルーの瞳《ひとみ》が、まるで野生動物のそれのようにキラリと光った。

「私の、恋人《こいびと》、兼《けん》、専属シェフになってくれ」

アルマンド・ガラヴァーニがゲイかもしれない、というのは噂《うわさ》で聞いていた。

しかし、ぼくは小田桐さんへの淡《あわ》い想《おも》いを、そして自分がゲイかもしれないことを誰《だれ》にも口外したことがない。

……彼は、ぼくがゲイであることを見抜いた……？

……そして、からかっている……？

ぼくは、呆然としながら思っていた。

間近で見つめてくる彼の顔は、憎《にく》らしいほどにハンサムで、そして端麗《たんれい》すぎるが故《ゆえ》に本当は何を考えているのかまったく読みとれない。

「……返事は……？」

彼の声に微《かす》かに含《ふく》まれたセクシーな響《ひび》きに、ぼくの心臓が、ドキリと跳《は》ね上がる。

……信じられない。

ぼくの心の中に、怒《いか》りがふつふつとたぎってくる。

……この男は、ぼくをからかっているんだ……。

……才能のない新米シェフであるぼくには、何を言っても許されると思ってるんだ……。

ぼくは、拳《こぶし》をきつく握《にぎ》りしめる。

……ぼくは、自分がゲイであること、そして先輩《せんぱい》である小田桐さんに恋《こい》をしてしまったことで、こんなに悩《なや》んでいるのに！

呆然としていることを承諾《しょうだく》と取ったのか、彼がいきなりぼくの腕《うで》を掴む。

「私の気持ちを、疑うような顔をしている」

言いながら、彼の腕がぼくをいきなり引き寄せる。

……え……？

そのままキュッと抱《だ》き締《し》められて……身体《からだ》に、不思議な戦慄《せんりつ》が走った。

……なんで、こんな……。

彼の逞《たくま》しい腕に抱き締められ、彼の肩《かた》に頬《ほお》が押しつけられる。

彼の首筋からフワリと立ち上るのは、新鮮《しんせん》なレモンと男っぽいジンを混ぜたような、クールでしかもどこかセクシーな香《かお》り。

……ああ……。

ぼくは驚《おどろ》きに目を見開いたまま、しかし不思議な感情に身体が震《ふる》えてくるのを感じていた。

……誰かに抱き締められるというのは……。

ぼくは鼓動《こどう》がどんどん速くなるのを感じながら思う。

……こんなに心地《ここち》いいことだったのか……。

長男で、歳《とし》の離《はな》れた三人の弟たちの面倒《めんどう》をずっと見てきたぼくには、誰かに抱き締めてもらったような記憶《きおく》がまったくない。物心ついたときからすでに意地っ張りな性格で、子供の頃《ころ》から、誰かに甘えることなどもちろん絶対にできなかったし。

彼の腕のあたたかさに陶然《とうぜん》としているぼくの頬を、彼の手がそっと包み込む。

滑《なめ》らかであたたかな手の感触《かんしょく》にうっとりしている間に、そっと顔を仰向《あおむ》けられ……。

彼の顔がゆっくりと近づき、甘い呼吸が唇《くちびる》をくすぐり……。

……もしかして、キスをされそうになっている……？

「何をするんですか！」

ぼくは慌《あわ》てて彼の身体を押しのけ、思わず彼の頬を平手で叩《たた》いてしまう。

鋭《するど》い音がして、ぼくは自分がこれから働く店のオーナーを叩いてしまったことに気づいて、今さらながら愕然《がくぜん》とする。

……きっと彼は怒り、小田桐さんと一緒《いっしょ》の厨房で働くという夢も消えてしまう……？

絶望したぼくに向かって、彼は余裕《よゆう》の笑みを浮《う》かべる。

「綺麗《きれい》な顔をして、案外気が強いんだな」

彼の言葉が、ぼくの理性を怒りで吹《ふ》き飛ばす。

「クビにしたければしてください。キスでもしなければ雇《やと》われないくらいの実力しかない、とあなたが判断したのなら、雇ってくださる必要はありません」

その後。オーナーを殴《なぐ》ったことはとがめられず、ぼくはそのまま『リストランテ・ラ・ベランダ・ミラノ』で働き始めた。

彼がきちんと雇ってくれ、しかもあの夜のことを別のメンバーに口外しなかったことには感謝しなくてはいけなかったのかもしれないが……考えれば考えるほど、あんなことを冗談《じょうだん》でするのは失礼な気がするし。

……そんな冗談に本気で怒ったりしたぼくを、彼はバカにしているんじゃないだろうか？

……それとも世界に名だたるエグゼクティブであるあの男にとっては、ただの新米シェフのことなんて覚えている価値もないもの？

あの男は、その後、『リストランテ・ラ・ベランダ・ミラノ』に毎晩のように通ってきていたが、ぼくは彼と顔を合わせるのは複雑な気分で、彼がいる間は厨房から一歩も出なかった。

そして。小田桐さんが東京の『リストランテ・ラ・ベランダ・トーキョー』のグランシェフになったのをきっかけに彼とともに生まれ故郷の東京に戻《もど》り、小田桐さんのスー・シェフとして働き始めたんだ。

「……あの男がいるだけで、本当に調子が狂《くる》う」

＊

ぼくは呟《つぶや》きながら、最上階のエレベーターホールに出る。

あの男のことが妙に気になって、今日の仕事はさんざんだった。

さらに疲《つか》れ果ててタクシーに乗り、部屋にたどり着いたところで……部屋の鍵《かぎ》が入ったキーホルダーが、ポケットの中にないことに気づいた。

そういえば、着替《きが》えが終わった時に、あの男がふいに更衣《こうい》室に入ってきた。ぼくは慌ててコートを羽織り、逃《に》げるように更衣室を出てしまった。

……きっと、あの時に落としたんだ……。

そういえばあの時、微かな音を聞いたような気がする。そして彼がぼくに何かを話しかけようとしたことにも気づいた。だが、あの時のぼくはあの男と話したくないという気持ちでいっぱいで、振《ふ》り向かないまま逃げてしまった。

……まったく！　あんな男のせいでこんなに動揺《どうよう》するなんて、ぼくはどうかしている！

小田桐さんがまだいてくれるように、と願いながら店のドアに手をかけ、まだ鍵が閉まっていなかったことにホッと息をつく。

店の中に入ったところで、厨房に続くスイングドアの丸窓から、明かりが漏《も》れていることに気づく。

……小田桐さんが残業して、新しいレシピを考えているんだ。

ぼくは、彼に一声かけようとスイングドアの方に近寄り……。

「……ダメだよっ」

そして、スイングドアの隙間《すきま》から微かに聞こえてきた声に、そのまま硬直《こうちょく》する。

……この声は……和哉……？

「……待って……恥《は》ずかしいから……っ」

それはたしかに和哉の声だったが、いつもとは別人のように恥ずかしげで、そして蕩《とろ》けそうに甘く……。

「悪い子だ。そうやってまだ抵抗《ていこう》する」

小田桐さんの低い声が、和哉の声に重なる。

彼の声も、いつもの彼とは別人のようだ。いつもより低く、いつもより甘く、そして聞いているだけで胸が痛くなるほど愛《いと》おしげで……。

「……ダメ……」

衣擦《きぬず》れの音、そして和哉のかすれた声。

……中を覗《のぞ》いてはいけない。

頭の中で、声が響く。

……見たらきっと、後悔《こうかい》することになる。……でも……。

ぼくはどうしても我慢《がまん》できずに視線を上げ、そして丸窓から中を見てしまい……。

心臓が、ズキン、と壊《こわ》れそうに痛んだ。

そこにいたのは、やはり、和哉と小田桐さんだった。

小田桐さんの逞しい腕が、和哉の腰《こし》をしっかりと抱き締めている。

彼のもう片方の手は、和哉の細い顎《あご》を支え、そして……。

「愛している、和哉」

小田桐さんが、切なげな目で和哉を見つめて囁《ささや》く。

その言葉に、ぼくの心に突《つ》き刺《さ》さった棘《とげ》が、ズキ！　と激しく痛んだ。

……彼のあの美声がほかの誰《だれ》かに愛を囁くところなど、聞きたくなかった……。

……でも……。

「おまえは？」

小田桐さんが、和哉を真《ま》っ直《す》ぐに見つめて囁く。

「……あ……」

恥ずかしげに頬を染める和哉は……本当に美しくて……。

「オレも……」

和哉のバラ色の唇が、そっとかすれた声を漏らす。

「……愛してるよ、宗一郎……」

「……和哉……」

小田桐さんが愛おしげに彼の名前を呼び、ゆっくりと顔を近づける。

「……ん……」

和哉の柔《やわ》らかそうな唇に、小田桐さんの唇がそっと重なった。

「……ん、く……」

深く深く重なり合う、二人の唇。

「……ん……」

和哉はうっとりと目を閉じ、睫毛《まつげ》を震《ふる》わせながら小田桐さんのキスを受けている。

静かなレストランの中、二人の唇が重なる、クチュ、という音がやけに大きく響《ひび》く。

「……ん……っ」

和哉の手がゆっくりと上がり、小田桐さんの逞《たくま》しい背中にそっと回る。

「……ん、く……っ」

小田桐さんの舌が、和哉の唇を、美味《おい》しいデザートでも味わうかのように舐《な》める。

「……ん……あ……！」

力の抜《ぬ》けた和哉の口腔《こうこう》に、小田桐さんの舌が忍《しの》び込むのが見えた。

「……あ、んん……っ」

和哉の繊細《せんさい》な指が、小田桐さんの純白のシェフコートの布をキュッと強く摑《つか》む。

「……ん、んう……っ」

和哉の舌が、おずおずと小田桐さんの求愛に応《こた》えている。

クチュ、クチュ、という濡《ぬ》れた音。二人の舌が絡《から》み合うのが解《わか》る。

限りなく有能でクールに見える小田桐さんと、そしてやんちゃな少年のような和哉。

その二人が、こんな、舌を絡ませるような濃厚《のうこう》なキスをすることが……ぼくにはなぜかとてもショックだった。

料理に夢中だったぼくは、男はもちろん、女性ともまともに付き合ったことなどない。告白だけはよくされたので、ほんの短い間だけ女性と付き合ったことはあったが……キスなどということを考える前に、虚《むな》しさと罪悪感に陥《おちい》って別れを告げてしまった。

「……ん……」

小田桐さんが、名残惜《なごりお》しげにゆっくりと唇《くちびる》を離《はな》す。彼の指が和哉のボウタイにかかったのを見て、ぼくはドキリとする。

……まさか……？

「試作品のアンティーヴのカラメリゼを、今夜もまた焦《こ》げ付かせてしまった。そのお仕置きをしなくてはいけない」

低く囁いて、小田桐さんの長い指が、彼のボウタイをそっと解《ほど》く。

「……あ……っ」

和哉は、少し怯《おび》えたような、しかしとても色っぽい顔をして息を呑《の》む。それから、

「……首筋はダメだよ……仕事中に、見えちゃうかもしれないから……」

「わかった。それならもう少し内側に」

小田桐さんは囁いて、和哉のシェフコートのボタンを外す。

ゆっくりと肩口《かたぐち》まで襟《えり》をくつろげられて、和哉の頰《ほお》がバラ色に染まる。

「……あ、待って、そんな……」

小田桐さんはゆっくりと身を屈《かが》め、まるでセクシーな吸血鬼《きゅうけつき》のように、和哉のしなやかな肩口に顔を埋《うず》めた。

「……くう……っ」

頰を染めた和哉の身体《からだ》が、ヒク！　と大きく跳《は》ね上がった。

……そういえば、和哉の襟元、ボウタイの下には、紅《あか》い痕《あと》があった。

それが本当にキスマークだったことに気づいて、ぼくは今さらながら愕然《がくぜん》とする。

そして小田桐さんが囁いていた『お仕置き』の意味を、ぼくはそこでやっと理解した。

「もう一つ、昨夜《ゆうべ》、途中《とちゅう》で先に寝《ね》てしまったお仕置きだ」

小田桐さんが囁いて、和哉の首筋に唇を滑《すべ》らせる。

「……あ、だって、昨夜はめちゃくちゃくたびれてて……ああ……っ」

「恋《こい》する男を置き去りにして、愛撫《あいぶ》の途中で眠《ねむ》ってしまったんだ。しっかりとお仕置きをしなくては」

……愛撫……。

その言葉に、ぼくは何かで殴《なぐ》られたようなショックを受ける。

……この二人は、もう、そんなことまで……？

「そのくらいでちょうどいいだろ？　だっておとといは朝まで……ああん……っ」

首筋にさらにキスマークを刻まれた和哉が、ヒクリと身を震わせる。

……朝、まで……？

ベッドで抱《だ》き合う二人の映像が、ふいに脳裏《のうり》をよぎる。

小田桐さんは、きっととても優《やさ》しい顔で和哉を抱きしめる。和哉はきっと、いつもの跳ね返りとは別人のように従順に彼の抱擁《ほうよう》を受け……。

……子供じゃあるまいし、恋人になるというのは、当然、そういうことだろう。

思うけれど……二人に肉体関係があると知るのは、ぼくにとってはなぜか驚《おどろ》くほどのショックだった。

……小田桐さんと、和哉が……。

目眩に似た感覚に襲《おそ》われ、ぼくは思わず後ずさる。

金縛《かなしば》りのように硬直していた身体が自由になり、ぼくはやっと自分がその場から立ち去らなくてはいけないことに気づく。

……あの二人は、心から愛し合っているんだ。

……応援《おうえん》すると、決めたじゃないか……。

ぼくは自分に言い聞かせながら踵《きびす》を返す。足音を殺して歩き、更衣《こうい》室に向かう。

更衣室のドアを開け、電気が点《つ》いたままだった部屋の中に入る。

後ろ手にドアを閉め……そして、その場にズルズルと座り込む。

目の奥が痛んで、見慣れた更衣室がフワリと歪《ゆが》む。

「……あ……」

頬を、熱い涙《なみだ》が滑り落ちる。

……ぼくの恋は……。

ぼくは床《ゆか》に座り込んだまま、呆然《ぼうぜん》と涙を流しながら思う。

……これで、完全に終わったんだ……。

涙が、あとからあとから溢《あふ》れてくる。

……ああ、泣くなんてバカみたいだ。こんな弱い姿、誰にも見られたくない。

「……うく……っ」

唇から、押し殺した嗚咽《おえつ》が漏《も》れた。

……でも、誰《だれ》もいない、今だけは……。

「君も、あの現場を目撃《もくげき》したようだな」

いきなり声が響き、ぼくは驚きのあまり硬直《こうちょく》する。

……え……っ？

向こう側を向いて置かれている休憩《きゅうけい》用のソファから、誰かが起き上がる。

「……あっ」

そこにいた人物の姿を見て……ぼくは愕然とする。

……なんてことだ、一番見られたくないところを、一番見られたくない人間に見られてしまったなんて……！

そこにいたのは、あの、アルマンド・ガラヴァーニだった。

「……ど、どうしてこんなところに……？」

彼はソファの背もたれに肘《ひじ》をかけ、小型で厚い名刺《めいし》入れのようなものを振《ふ》ってみせる。

「これ」

それはゴルティエの革製《かわせい》のキーホルダーで、ぼくが落としたのと同じデザインだ。

「帰る時に、落としていった。キーホルダーだということに気づいて追いかけたが、君はさっさとエレベーターに乗ってしまった。私が慌《あわ》てて階下に下りた時には、君が乗ったタクシーが走り去るところだった」

彼は、そのキーホルダーを目の前にかざしながら、

「部屋に入れなくて困った君が、捜《さが》しに戻《もど》ってくるだろうと思って待っていたんだ」

「返してください」

ぼくは手を伸《の》ばし、彼の手からキーホルダーを取り戻そうとする。

しかし彼は、ぼくに渡《わた》さずに、それを手の中に握《にぎ》り込んでしまう。それから、妙《みょう》に真剣《しんけん》な顔になってぼくを見つめる。

「君が私のために作ってくれた『二種の牡蠣《かき》のミニグラタン　エシャロットバターつきの自家製パン・ド・セーグルを添《そ》えて』が忘れられない」

……『リストランテ・ラ・ベランダ・ミラノ』にいる間、ずっと話す機会がなかったから……もうとっくに忘れられたかと思った。

急に言われて、ぼくは驚いてしまう。

……彼は、ぼくが作った前菜のことを、今でも覚えていたんだ……。

「小田桐から君のことを聞かされていた。とんでもなく優秀《ゆうしゅう》な後輩《こうはい》がいて、彼が卒業した時に『リストランテ・ラ・ベランダ・ミラノ』に誘《さそ》ったが断られてしまったのだと」

「……あ……」

あの時、ぼくはめちゃくちゃに迷い……そして彼のことをあきらめるために『オステリア・ダ・ミケーレ』に入店することを選んだ。

……結局、その気持ちを、今夜までずっとひきずってしまったけれど。

ぼくは、涙をこらえるために拳《こぶし》を握りしめる。彼は、

「『リストランテ・ラ・ベランダ・ミラノ』の試験の日。『いつも話している後輩が試験を受けに来た』と小田桐は嬉《うれ》しそうにしていた」

彼は、ぼくを真《ま》っ直《す》ぐに見つめたままで言う。

「私は、君と小田桐が話しているところを目撃し、そしてあることに気づいた。小田桐は君を優秀な後輩としか思っていない。しかし君は……小田桐のことが好きなのだろうと」

ぼくの心が、ズキリと激しく痛んだ。

……必死で隠《かく》していたはずのぼくの気持ちは、この男には簡単に見破られていた……。

彼はおもむろに立ち上がり、ぼくの前に真っ直ぐに立つ。

「小田桐が認めるほどの優秀なシェフが『リストランテ・ラ・ベランダ・ミラノ』のような素《す》晴《ば》らしい店を蹴《け》って、あの阿呆《あほう》なグランシェフしかいない『オステリア・ダ・ミケーレ』に就職するなど、普通《ふつう》なら考えられない」

彼は、ぼくの顔を真っ直ぐに見つめて言う。

「小田桐と一緒《いっしょ》にいたらさらに好きになってしまう、気持ちを隠すのがつらくなる、そう思ってあえて君は違《ちが》う店に就職した。しかし、彼と遠く離《はな》れることはできずに同じミラノにある店を選んでしまった」

彼の瞳《ひとみ》は、恐《おそ》ろしいほどに深い、澄《す》んだブルー。

その瞳に見つめられると……まるで催眠《さいみん》術をかけられたかのように、何も考えられなくなってしまいそうだ。

「……そうだろう？」

まるで恋を囁《ささや》くような甘い声。

とっさに、違います、と嘘《うそ》をつこうとしたぼくは、その言葉を呑《の》み込んでしまう。

ぼくは、冷徹《れいてつ》で、口うるさいスー・シェフとして通っているはず。

本当ならこんなふざけた問いかけには、鼻で嗤《わら》って平然と答えられるはず。

……なのに……。

いつも心の中にひっそりと隠してあった小田桐さんへの淡《あわ》い想《おも》いが……この男の容赦《ようしゃ》ない視線でいきなり引き出されてしまったみたいだ。

ぼくは、心がズキズキと痛むのを感じながら、彼の顔を睨《にら》み上げる。

……今だけでなく、ミラノ本店にいる頃《ころ》もそうだった。

……この男といると……。

……ぼくは、いつもどこか変になってしまう……。

彼に対する怒《いか》りが、フツフツと沸《わ》いてくる。

……この男はどうしてこんなふうに、無遠慮《ぶえんりょ》に人の心の中に立ち入ってくるんだろう？

「あんなシーンを見てもまだ、小田桐に未練があるのか？」

彼の言葉に、目の前が白くなりそうなほどの怒りを感じる。

「放《ほう》っておいてください。ぼくは……」

言いかけた時、廊下《ろうか》から足音が近づいてくるのが聞こえた。

「……あ……っ」

二人分の足音、親密そうな囁きと、押し殺したような笑い声。

小田桐さんと和哉が、着替《きが》えをするためにこっちに向かっているに違いない。

……そういえば、さっき二人ともシェフコート姿で？

ぼくは慌てて頬《ほお》を手のひらで拭《ぬぐ》い、しかし目の周りがヒリヒリすることで、きっと泣いていたのが一目瞭然《いちもくりょうぜん》だろうと気づく。

……なんてことだ！　ぼくは本当にバカだ！

……こんな男の戯言《たわごと》など気にせずに、さっさと帰るべきだったんだ！

目の周りが熱を持っていて、きっとみっともなく赤くなっているだろう。

……こんな顔を、小田桐さんや和哉に見られるのは絶対に嫌《いや》だ……！

……でも、どうしたら……？

「おいで」

動揺《どうよう》するぼくの腕《うで》を、ガラヴァーニは強い力で掴《つか》んだ。

「目が赤くて、泣いていたことが一目瞭然だ。そんな顔を二人に見られてもいいのか?」

ぼくは、慌ててかぶりを振る。

「それなら、おいで」

彼は言って部屋を横切り、更衣室《こうい》の奥にある折れ戸をいきなり開く。

そこは、予備のテーブルクロスやナプキンが積んであるリネン用のクローゼットだった。

大人二人がやっと立てそうなスペースしか空いていなかったが、彼はぼくの手を引き、そこに強引《ごういん》に連れ込んだ。

「……あっ」

彼はぼくの身体《からだ》を正面から抱《だ》き締《し》め、そして片手で折れ戸を閉める。

その瞬間《しゅんかん》、折れ戸のルーバーの間から、更衣室の入り口のドアが開くのが見えた。

「あれ? 電気が点《つ》けっぱなしだよ?」

和哉が驚《おどろ》いたように言い、小田桐さんがうんざりしたような声で、

「どうせガラヴァーニだろう。さっき、ここのソファでくつろいでいるのを見た」

「こんなところで? お金持ちって変わってるね」

和哉が言いながら、ぼくたちがいるクローゼットの方に近づいてくる。

暗いクローゼットの中からだと、明るい室内は不思議なほどよく見えて、和哉がとても近くにいるように感じられる。

……彼に気づかれて、ここを開けられてしまったら、どうしたらいいんだろう……？

ぼくは、ガラヴァーニの腕に抱き締められたままで思う。

……クローゼットの中で抱き合っているなんて、あまりにも怪《あや》しすぎる！

和哉はロッカーから荷物と服を取り出し、さっきまでガラヴァーニが寝《ね》ころんでいたソファにそれらを置く。

ぼくたちに背中を向けた恰好《かっこう》で、シェフコートを脱《ぬ》ぎ捨てる。しなやかな上半身をさらしたまま、壁《かべ》の時計を見上げて、

「もうこんな時間！　あなたがあんなことをするから、こんなに遅《おそ》くなったじゃないか！」

「俺だけが悪いのか？　本当に？」

小田桐さんが笑いながらシェフコートのボタンを外し、シェフコートを脱ぐ。

同じ店で働くようになってとても長いが……ぼくは小田桐さんと一緒に着替えることを、できるだけ避《さ》けてきた。偶然《ぐうぜん》に一緒になってしまったとしても、彼の方は絶対に見ないようにしていたし。

視界の端《はし》に、小田桐さんの裸《はだか》の上半身がチラリと入る。

ぼくはとても正視できずに、思わず顔を伏《ふ》せる。

きつく抱き締められているので、顔を伏せただけで、ぼくはガラヴァーニの逞《たくま》しい胸に額を押しつけることになり……。

慌《あわ》てて身体を離そうとしたぼくを、ガラヴァーニの手がさらに強く引き寄せる。

「……動かないで。気づかれるぞ」

ガラヴァーニが、ぼくの耳に吐息《といき》のような囁きを吹《ふ》き込んでくる。

ぼくはギクリと身を震《ふる》わせ、しかたなく彼の胸に頬を預ける。

「そういえば、今日のスペシャリテに使っていたソースって……」

和哉が、賑《にぎ》やかに話しながら、服を着替えている。

「……君がまだ小田桐に未練があると知ったら、あの二人はきっと気がとがめるだろうな」

ガラヴァーニが、ぼくの耳に微《かす》かな囁きを吹き込む。

「……しかも小田桐は、君の気持ちになど、微塵《みじん》も気づいていなかったのだろうし」

折れ戸の向こうでは、和哉が楽しそうに話し、小田桐さんが優《やさ》しい声で相づちを打っている。

「……このままこの扉《とびら》を開き『彼はここで泣いていた。ずっとおまえのことが好きで、恋人《こいびと》ができた今でも、まだおまえに未練があるようだ』と言ってしまったら……どうする？」

耳に吹き込まれたその言葉に、ぼくは思わず息を呑む。

「……お願いだから……やめてください……」

囁き返すぼくの言葉は、おかしなほど震えていた。

「……ぼくはあの二人が好きで、あの二人の幸せを願っています。だから、そんなことは……」

「……それなら、交換《こうかん》条件を呑んでくれ」

彼がぼくの囁きを遮《さえぎ》って言う。

「……交換、条件？」

あまりにも意外な言葉に、ぼくは呆然《ぼうぜん》と聞き返す。彼はぼくを抱き締めたままうなずいて、

「……君の気持ちを秘密にする代わりに私の専属シェフになること。まずは……そうだな、東京に滞在《たいざい》している一週間だけでいい」

まるで愛の言葉を囁くかのような甘い声に、ぼくの身体がピクリと震える。

ぼくはその甘い声の意味を考え……それから、勇気を出して言う。

「……専属シェフというのは、いったいどこまでのサービスを含《ふく》むのですか？」

彼がぼくの耳元で、クスリと小さく笑う。

「……もちろんベッドの中で、最後まで」

耳に吹き込むようにセクシーに囁かれて、ぼくの背筋に甘い痺《しび》れが走る。

……ああ、やっぱりこの男は、ぼくをからかっていて……。

「……と言いたいところだが、気の乗らない子を抱くほど不自由はしていないし、それほどの人でなしでもない」

彼は、ぼくの顔を覗《のぞ》き込んで、

「……実は、私も最近恋人に振《ふ》られてしまったんだ」

……ハンサムで、大富豪《だいふごう》で、社会的地位もある、こんな男でも、振られることがあるのか？

ぼくはそのことに驚いてしまう。

「傷心の身だから寂《さび》しいし……それに何より、美味《うま》いものしか食べられない性分《しょうぶん》でね」

彼は、暗がりでにやりと笑ってみせる。

「……だから、まずはただのシェフ。私の屋敷《やしき》からここに通い、仕事が終わった後、私のための料理を作る。どうだ？」

その言葉に、ぼくは座り込みそうなほどホッとする。

「……解《わか》りました。それなら」

「……こんなにハンサムな私とずっと一緒《いっしょ》にいたら、すぐに降参するかもしれないけれど」

「……は？」

「……君がもしも『抱いてください』と言ってくれればもちろん喜んで抱かせてもらう」

彼は囁《ささや》いて、ぼくの耳たぶにそっとキスをする。

「……とても美味だ……」

蕩《とろ》けそうに甘い声で囁かれて、なぜか身体がジワリと痺れてしまう。

……ああ、どうしてこんなに美声なんだ、この男は？

「……私は甘いものはほとんど口にしないし、デザートまででは大変だろう。デザートはキスということで」

「……もちろん、次は耳たぶではなく、唇《くちびる》に」

……この男と、キス？　しかも、唇と、唇で……？

さっき見たばかりの、小田桐さんと和哉の熱烈《ねつれつ》なキスシーンが脳裏《のうり》をよぎる。

……まさかあんなキスはしないだろうが……。

抱き締められている身体が、なぜかカァッと熱を持つのが解る。

彼の端麗《たんれい》な顔が、ぼくを真《ま》っ直《す》ぐに見下ろしている。

彼の唇はとても美しい形をしている。しかしそこに浮《う》かぶ笑《え》みは、不思議な淫蕩《いんとう》さをたたえていて……。

自分の唇に、彼の唇が触《ふ》れることを想像するだけで、頰《ほお》が燃え上がりそうに熱い。

「……そんなことは……！」

「……君に、これを拒否《きょひ》する権利はないよ」

彼はセクシーな笑みを浮かべながらも、ぼくの反論を厳しい口調で遮った。

「……明日から、私の部屋に来なさい。私のために、朝食と、夜食を作ってほしい」

それから手を上げて、ぼくの唇にそっと指先で触れてくる。

「……もちろん、すべての食事に、デザートを付けてもらうよ」

……ああ、どうしてこんなことになってしまったんだろう……？

アルマンド・ガラヴァーニ

「さてと、そろそろ片付けも終わりかな？」

清掃《せいそう》がすんだ店内。奥の席でワインを飲んでいた私は、雪彦の姿を見て立ち上がる。

「一緒に帰ろうか、雪彦」

その言葉に、帰ろうとしていたメンバーたちが度肝《どぎも》を抜《ぬ》かれたような顔で振り返る。

「雪彦？」

郷田が驚《おどろ》いた声で言い、前田が呆然とした声で答える。

「仲いいんですね、オーナーと鮎川さん……」

振り返ったメンバーの中には、小田桐と和哉もいた。

雪彦はぎょっとしたような顔をし、そのまま厳しい顔で私を睨《にら》んでくる。

「おいで」

私は小田桐に見せつけるために、わざと雪彦の肩《かた》を抱《だ》いてやる。

ほかのメンバーの前で無下に振り払《はら》うこともできないのか、雪彦はとても怒《おこ》った顔でそっぽを向きながら、おとなしく私に肩を抱かれて店を出た。

そしてエレベーターホールに出た途端《とたん》、私の手を乱暴に振り払う。

「メンバーの前で馴《な》れ馴《な》れしくしないでください」

冷たい声で言い捨てて、エレベーターの下りのボタンを押す。

そのまま冷淡《れいたん》にそっぽを向く彼に、私は思わず見とれてしまった。

シェフコート姿以外の彼をじっくり見る機会は、今までほとんどなかった。

きちんと上までボタンを留めた、白の綿シャツ。シェフコートのごわついた生地《きじ》に覆《おお》われている時には解らなかった、彼の美しい肩のラインに、ドキリとする。

黒のスラックスが、彼のウエストの細さと、すらりと伸《の》びた美しい脚《あし》の形を強調している。

飾《かざ》り気のないシンプルな服が、彼の象牙《ぞうげ》色の肌《はだ》と栗色の髪《かみ》、そしてビスクドールのように整った彼の顔立ちを引き立てている。

純白のシェフコートをまとった彼は、いつも厳しく、凜々《りり》しく、本当に麗《うるわ》しい。

だが、私服を着た彼も、とても……。

「……美しいな」

呆然と呟《つぶや》いた私に、彼は驚いたように目を見開く。

「え？」

「シェフコートを着ていても素敵《すてき》だ。だが、私服を着ている君も本当に美しいと言ったんだ」

彼は言葉の意味を推《お》し量《はか》るように、その宝石のように美しい褐色《かっしょく》の瞳《ひとみ》で私を見つめる。

あまりに真っ直ぐな瞳に、私は、柄《がら》にもなく鼓動《こどう》が速くなるのを感じる。

……どうしてそんなふうに、男を見つめるんだ？

……まるで、誘惑《ゆうわく》されているような気分になってくる。

「フッ」

彼の唇に、あからさまに相手を小馬鹿《こばか》にするような笑みが浮かんだ。

あまりにも意外な反応に驚く私に、彼は平然とした口調で言い捨てる。

「面白《おもしろ》い冗談《じょうだん》です」

言って、微《かす》かな笑みすらも消し、冷たい目で私を睨んで言う。

「用事がないのでしたら、お先に失礼します」

その冷淡な口調が、私の嗜虐《しぎゃく》心を容赦《ようしゃ》なく刺《し》激《げき》してくる。

……まったく、なんて子だ。

私の心の奥に、青白い炎《ほのお》が燃え上がる。

……この私を、こんなふうに挑発《ちょうはつ》するなんて。

「私の部屋に滞在し、シェフを務めるという約束だっただろう？」

「滞在して料理を作る約束はしました。ですが、毎晩一緒に帰るなどという約束は……」

「それなら、今、約束してもらおう。でないと……」

彼はとても悔《くや》しそうに眉《まゆ》を寄せ、低い声で言う。

「ぼくのようなクソ真面目《まじめ》な人間をからかうのが、そんなに楽しいですか？」

「楽しいよ。君のように美しくて純情な人をこうして思い通りにするのは、ね」

彼は美しい瞳で私を睨み上げ、物好きな人だ、と吐《は》き捨てるように呟いた。

＊

『リストランテ・ラ・ベランダ・トーキョー』は、銀座から少し歩いた、運河を見下ろせる場所にある。そこから、私が滞在《たいざい》しているマンションのある台場《だいば》までは、意外に近い。築地《つきじ》から晴海《はるみ》方面に向かい、運河にかかる二本の橋を渡《わた》る。そこから新しく延長されたというゆりかもめの高架《こうか》線路に沿って来れば、車でほんの十分ほどの距離《きょり》になる。

イタリア人の私には、台場という地名は聞き慣れないものだったが、観覧車のある遊園地やテレビ局、大きなショッピングセンターや高級ホテルもある楽しげな場所だった。

休日には観光客でいっぱいになるというこの周辺も、平日のこんな夜遅《おそ》くには誰《だれ》もいない。リムジンの後部座席に二人で並び、ゆっくりとひと気のない道路を走るのは……なぜかとてもロマンティックなことに感じられる。

……彼といるだけで、私はこんなにも幸せな気持ちになる。

「さて。夜食には、何を作ってくれるのかな?」

言うと、彼は緊張《きんちょう》したような顔で、

「ディナーの仕込みの前、三時に賄《まかな》いを食べたきりですよね? いちおうイタリア風のチーズのリゾットの準備をしてきました。あとはあなたのキッチンの冷蔵庫を拝見してからです」

「冷蔵庫……冷蔵庫には今夜の分のシャンパンと、つまみにするハモン・イベリコが入っている。あとは冷凍《れいとう》庫に氷」

彼は、驚いた顔で私を見つめる。

「いつもはどうしているんですか? シェフがすべてを調達してくれるとか?」

「シェフはイタリアに置いてきた。私はもちろんキッチンになど足を踏《ふ》み入れたことはない。テイクアウトの食べ物はもちろん口に合わないし」

私は、肩をすくめて言う。

「日本では、すべての食事をレストランで済ますつもりだ」

「でも、あなたは相当のグルメだと聞いています。あなたの舌を満足させられるレストランはそうそうないのでは?」

「たしかにほとんど見つからない。だから『リストランテ・ラ・ベランダ・トーキョー』でランチと早いディナーを済ませている。あそこなら事務所で仕事もできるし、一石二鳥だ」

彼は言葉を失ったように呆然《ぼうぜん》と私を見つめ、それから、

「レストランの開いていない深夜や早朝にふいにお腹《なか》が空《す》いたりしたら、どうするおつもりだったんですか？」

「我慢《がまん》をする。ミラノの屋敷《やしき》でも似たようなものだ。使用人たちはみな高齢《こうれい》で、起こすのが申し訳ない。だから彼らの勤務時間外である早朝や深夜には、コーヒーの一杯《いっぱい》も飲めないんだ。インスタントは口に合わないしね。……不便な暮らしはもう慣れている」

私は、いつもの朝を思い出してため息をつく。

「ただ、仕事が忙《いそが》しくて夕食を抜いた次の朝は少しきついかな。どんなに腹が減っていても、シェフが出勤してくるまでは断食《だんじき》だ」

彼は私を見つめたまま黙《だま》り、それから何かを決心したような顔になる。

「仕方がありませんね。今回の滞在では、ぼくを専属シェフとして使ってかまいません。二十四時間、いつでも」

彼の意外な言葉に、今度は私が驚く番だった。彼は、

「あなたの朝食と、夜食を作ります。紅茶やコーヒーが飲みたければ言ってください」

彼はいつも私に怒った顔ばかり見せていたが……こんな顔をした彼は、とても凜々しく見える。あの店のシェフたちが彼を尊敬し、頼《たよ》っている理由が理解できる気がする。

「とても親切なんだな。やはり私に気がある……」

「そうではなく」

彼は怒《おこ》った声で私の言葉を遮《さえぎ》る。

「ぼくの父は早くに亡《な》くなり、母は働いていました。ぼくはいつも三人の弟たちのために、母の代わりに食事を作っていました。なので……」

凛々しく顔を上げ、その美しい褐色の瞳で私を真《ま》っ直《す》ぐに見つめる。

「お腹を空かしている人間を見ると、放《ほう》っておけないんです！」

やけに悔しそうに言われたその言葉に、私は思わず笑ってしまう。

「なるほど。いいことを聞いた。君の同情を引くには、お腹が空いたふりをすればいいということだな」

私の言葉を聞いて、彼は露骨《ろこつ》に眉を寄せる。

「そうですが、あまりやると本気で怒ります。ともかく……」

彼は周囲を見回して、リムジンがどこを走っているかを確認《かくにん》する。

「この二本先の道を右に。二十四時間営業のスーパーがありますので、そこでリムジンを停《と》めてください。食料を調達します。……どうせあなたのキッチンには、コーヒー豆や紅茶の葉もないのでしょう？」

「ああ。そういうものはシェフが準備する。彼と一緒《いっしょ》にすべてをミラノに置いてきた」

彼はあきれたようにまたため息をつく。

「大富豪《だいふごう》も良《よ》し悪《あ》しだ。その代わり、文句は一切《いっさい》言わないでください。いいですね？」

＊

「……すごい……」

リビングに踏み込んだ彼が、呆然とした声で言う。

私が滞在しているのは、台場にある高級マンションの最上階。ガラヴァーニ・グループの関連企業《きぎょう》が建てた物件だ。日本での仕事の時に使うことになるだろうと、このフロアをホテル代わりに買い取ってあった。

リビングの壁《かべ》二面は、アールを描《えが》いた巨大《きょだい》なガラス窓になっており、窓からは煌《きら》めく東京の夜景を一望できる。

黒い石を貼《は》られたリビングには、まだほとんど家具がない。座《すわ》り心地《ごこち》のいいデザイナーもののソファが置かれているだけだ。

「……ここからの景色は、本当に綺麗《きれい》です……」

雪彦が、うっとりした声で呟《つぶや》く。

……そういえば、雪彦が最初に就職していた『オステリア・ダ・ミケーレ』は、出てくる料理もサービスも最低だったが、夜景が綺麗だったな。

「夜景が好きなのか？」

私が言うと、雪彦は子供のように無邪気《むじゃき》な顔をして小さくうなずく。

「ぼくの実家は長野県にあります。小さな田舎町《いなかまち》で、高いビルなどありませんでした。だから大都市の夜景は、ぼくにとってはとても美しく見えるんです」

彼はガラスに額を押しつけるようにしながら、嬉《うれ》しそうな声で言う。

いつもクールに見える彼のこんな無邪気な様子が、私の心を激しく揺《ゆ》さぶってくる。

……もしも心が通じ合って、いつでもこんなふうに無邪気に振《ふ》る舞《ま》ってくれたら……。

思うだけで、鼓動《こどう》が速くなる。

……私は、どんなに幸せだろう……？

「東京の地理のことはわかりますか？　どれがなんの明かりかは？」

彼の言葉に、私は頭を振る。

「こんな部屋にいてもったいない気もするが……まったくわからない」

「一番左に見えている、あれが羽田《はねだ》空港です。管制塔《かんせいとう》の明かりと、よく見ると滑走路《かっそうろ》の誘導灯《ゆうどうとう》が見えるでしょう？　もう少し早い時間なら、発着する飛行機も見えますよ」

彼は言って、その繊細《せんさい》な指先を、ガラスにそっと押し当てる。

「あのあたりが品川のオフィス街、手前が天王洲《てんのうず》です。もう少し右が、浜松町《はままつちょう》あたり。あそこにそびえている、特徴《とくちょう》のあるビルが六本木《ろっぽんぎ》ヒルズ。あそこに、東京タワーも見えます」

「綺麗なものだな」

彼の後ろから近づき、その肩越《かたご》しに、夜景を見る。

「そうでしょう? 香港《ホンコン》やニューヨークには負けますが、ぼくは東京の夜景も捨てたものではないと思っています」

ふいに、ふわ、と鼻腔《びこう》をくすぐった芳《かんば》しい香《かお》りに、ふと理性が吹《ふ》き飛びそうになる。

彼の首筋からは、まだ花びらの硬《かた》い白い花の蕾《つぼみ》のような香りがした。新緑のような爽《さわ》やかなグリーン、そしてその奥に蜜《みつ》のような甘さを宿《やど》した……とても魅惑《みわく》的な香りだ。

私は彼を後ろから抱き締め、その首筋に顔を埋《うず》めてしまいたい、という衝動《しょうどう》と、必死で戦わなくてはいけなかった。

ずっとずっと想《おも》い続けてきた美しい人が、今は私の目の前にいる。

見下ろすと、彼の細い首筋は、象牙《ぞうげ》のように滑《なめ》らかで、傷一つない。

……そこに強く歯を立て、獰猛《どうもう》に吸《し》い上げたら……。

……そして彼に、甘い声を上げさせることができたら……。

思っただけで、身体《からだ》に不思議なほどの欲望が走る。

……彼が欲しい。

私は、衝動に任せて彼を部屋に呼んでしまったことを、少し後悔《こうかい》する。

今までとは違《ちが》った彼の側面を見て、ますます彼への愛《いと》おしさが増す。

……ああ、私は、こんなにも彼を愛しているんだ……。

「そろそろ疲《つか》れただろう？　ほかの部屋を案内する」

私は彼と並んでリビングを出て、廊下《ろうか》を歩き出す。

「そういえば、店から直接連れてこられてしまったので、歯ブラシもパジャマもありません」

「歯ブラシは予備があるし、パジャマは私のを着ればいいだろう？　君には大きすぎるかもしれないけれど」

「いったん、家に戻《もど》るつもりだったのですが。帰らせていただくことはできませんか？」

「もしかして、猫《ねこ》でも飼っている？　それとも観葉植物が枯《か》れる？」

私が聞くと、彼はかぶりを振って、

「もしもそうなら最初からここには来ません。どちらもありませんが……」

「服のことなら心配しなくていい。昨日のうちに頼《たの》んでおいた。明日の朝には届くだろう」

私の言葉に、彼は驚《おどろ》いた顔をする。

「……は？」

「シェフコートをオーダーしている銀座のテイラーに電話をして、君の私服もオーダーした。あそこの店主なら君のサイズを熟知しているはずだ」

「……どうしてそんなことを。受け取る理由がありません」

雪彦は呆然《ぼうぜん》とした顔で言う。私は肩をすくめて、

「君を無理やり脅《おど》したことに、気がとがめている。せめてものお詫《わ》びと思ってくれ」

彼は目を見開いて私を見つめ、それからあきらめたように深いため息をつく。

「純粋培養《じゅんすいばいよう》で育ったあなたのような大富豪の御曹司《おんぞうし》は、ぼくたち庶民《しょみん》には理解しがたい感覚を持っているようです」

「褒《ほ》めてくれてありがとう。……ここが君が一週間滞在《たいざい》するベッドルームだ」

「褒めてはいませんよ。……あ……すごい……！」

私がドアを開けると、彼はうっとりと言いながら部屋に足を踏《ふ》み入れる。

そこは、パーティーが開けるくらいに広い部屋。壁一面全部が天井《てんじょう》までガラス張りになっていて、そこから大スクリーンに広がる映画のような美しい夜景を見下ろせる。

床《ゆか》は黒の大理石で、そこに重厚《じゅうこう》なヘッドボードのあるキングサイズのベッドが置かれている。

壁に設置されたクローゼットの扉《とびら》があるだけで、ほかにはベッドサイドテーブルがあるだけの、ごくごくシンプルな部屋だ。

「……なんて綺麗なんでしょう……ああ、『リストランテ・ラ・ベランダ・トーキョー』のあるビルも見えます……！」

「そうだな」

私は言いながら部屋に入り、後ろ手にドアを閉める。

「……え？」

「夜食を作る前に、風呂《ふろ》に入ったらどうだ？　疲れただろう」

私が上着をベッドに放《ほう》り、ネクタイを解《ほど》きながら言うと、彼は驚いたように目を見開く。

「どうしてあなたがここで服を脱《ぬ》ぐんですか？」

「着替《きが》えくらいする。ここは私のベッドルームでもあるからね」

私は部屋を横切り、クローゼットを開いてみせる。

そこには、イタリアから持ってきた、今回の滞在用の私のスーツがずらりと並んでいる。

雪彦は驚いた顔をし、それからドアの方に向かってゆっくりと後ずさる。

「豪華《ごうか》なマンションなので、客用のベッドルームくらいあるだろうと思ってしまいました」

「客用の部屋と呼ばれるものは五部屋もあるが、どこもまだベッドがない」

「では、ぼくはソファで……」

スキをみて部屋を出ていこうとする彼の腕《うで》を、私は部屋を横切って捕《つか》まえる。

「無理やりに襲《おそ》う趣味《しゅみ》はないから、安心していい。君をソファに寝《ね》かせるくらいなら私が寝る。大切なシェフに、風邪《かぜ》を引かせるわけにはいかないからね」

彼は眉《まゆ》を寄せてしばらく考え、それから、

「あなたには、本当にかなわない」

なにもかもどうでもよくなったような声で言う。

「あきらめて言うことを聞きますよ」

……それでいい。

鮎川雪彦

夜食には、モッツァレラチーズを散らした玄米《げんまい》のリゾットを作った。そしてルッコラとトマトを使った小さなサラダ。

彼は、美味《おい》しい美味しいと連発しながら食べた。どうやら本当にお腹《なか》が空《す》いていたらしい。

ぼくは夜食を食べる習慣はないので、いつも午後三時前に賄《まかな》いを食べたきりで帰り、軽くシャワーを浴びてそのまま寝てしまっていた。だが、彼につられて少しだけ食べ……そして自分がいかにお腹を空かせていたかに気づいた。

彼のベッドルームに併設《へいせつ》されていたバスルームは、総大理石張りのジャクジーを持つ、広々とした美しい空間だった。

夜食の後で大きな風呂にゆっくりと浸《つ》かると、日頃《ひごろ》の疲れが溶《と》けていくようだった。

そして今、ぼくの身体を包んでいるのは、ガラヴァーニが貸してくれたシルクのパジャマ。

サラサラしたシルクの感触《かんしょく》に包まれると、なんだか自分が、もっと優雅《ゆうが》な別人になったような気がしてきて……。

「……雪彦」

背中越し、彼の囁《ささや》くような声が響《ひび》いて、ぼくはドキリとする。

いつも思っていたが、彼はとんでもない美声で。

しかもこんな暗がり、しかも囁くようにされると、とてもセクシーに聞こえて……。

「……なんでしょうか？」

「……夜食の後、君がさっさと風呂に行ってしまったので言いそびれたのだが……君は、何か、大切なものを忘れている」

「え？　なんでしょうか？」

ぼくは驚いて思わず起きあがり、彼の方を向く。そして彼が間近なところからぼくを見上げていることに気づいて、ドキリとする。

彼のブルーの瞳《ひとみ》が月明かりに煌《きら》めいて、とてもセクシーに見える。ぼくは速くなる鼓動《こどう》を抑《おさ》えようとしながら、ことさら平静な声で、

「デザートを忘れただろう？」

「夜食のうえに、デザートまで食べたかったんですか？　あなたはとても大食……」

ぼくは言いかけ、それからあることに気づいてハッと言葉を切る。

この部屋のあまりの豪華さに驚き、夜食を作ることに全力を傾《かたむ》けていたので、ぼくはとんでもないことを忘れていた。

……そうだ、この男は、食事を作るだけでなく、デザートに……。

「デザートを」

彼の声が、まるで催眠術《さいみん》をかけようとするかのように低くなる。

「……あ……」

端麗《たんれい》な顔で見つめられて、鼓動がどんどん速くなる。

「自分からはできないくらい純情なら、私からしてあげるけれど？」

彼の言葉に、ぼくは慌《あわ》ててかぶりを振《ふ》る。

……二年前、彼に顔を近づけられた時は、ぼくが平手打ちをしたせいで未遂《みすい》だった。

だからこれは、ぼくにとってはファーストキスで……。

二年前、抱《だ》き締《し》められた時のことを、ぼくは思い出す。

彼の腕は逞《たくま》しく、強く、いい香《かお》りがして……。

ぼくは、今もあの時と同じ、芳《かぐわ》しい彼のコロンの香りがしていることにハッと気づく。

気づいたら、なぜか身体《からだ》の奥に痺《しび》れるような感覚が走った。

月明かりに照らされながら、ぼくを見上げている、まるで彫刻《ちょうこく》のように端麗な顔。

ブルーのシルクのパジャマに包まれた、逞しい肩。

V字に開いた襟元《えりもと》から、彼の滑《なめ》らかな肌《はだ》としっかりとした鎖骨《さこつ》が覗《のぞ》いていて……ますます鼓動が速くなる。

「それとも、キスをするのは初めてか？」

彼の男っぽい唇《くちびる》が動いて、囁きを漏《も》らす。言い当てられたぼくは、慌てて、

「は、初めてのわけがないでしょう」

「それなら、デザートを」

彼が言い、その鮮《あざ》やかなブルーの瞳でぼくを見上げてくる。

……ああ、こうして見つめられると、どこかがおかしくなりそうだ……。

……そのうえ、彼からキスをされたら、ぼくは……。


「目を……」

ぼくは心を決め、必死で言う。

「キスの時には目を閉じるのが、礼儀《れいぎ》じゃないですか？」

「なるほど、私の専属シェフは、礼儀正しいキスがお好みというわけだ」

彼は楽しそうに言って、ゆっくりと目を閉じる。

彼の睫毛《まつげ》がとても長く、そして目を閉じた顔も本当に端整なことに気づいて……ぼくはまたドキリとする。

……どんな人間の心でも魅了《みりょう》できそうな、こんなに美しい男が……。

ぼくは思いながら、ゆっくりと彼に唇を寄せる。

……どうして、ぼくなんかとキスをしたがるんだろう……？

ほんの微《かす》かに唇が触《ふ》れ合い……その瞬間《しゅんかん》、ぼくの身体を不思議な電流が走った。

……う……っ。

ぼくは慌てて身を起こし、速くなった鼓動を抑えようと深呼吸をする。

彼がゆっくりと目を開き、長い睫毛の下のブルーの瞳が、ぼくを真《ま》っ直《す》ぐに見上げてくる。

……そんな子供っぽいキスではダメだ、と言われたらどうしよう……？

心臓が壊《こわ》れそうなほど、鼓動が速い。

……もう一度キスを要求されたら、ぼくは……。

「ごちそうさま。美味しかったよ、専属シェフ」

彼の唇が動いて、優《やさ》しい囁きが響く。ぼくは心からホッとしてしまいながら、

「そ、それはよかったです」

言って、彼に向かって頭を下げる。

「それではぼくは寝かせていただきます。おやすみなさい」

慌てて言って、彼に背を向けて横たわる。

でも……彼の芳しいコロンの香りと、近くにある彼の体温と、ほんの微かに唇に残るキスの感触に……鼓動がまだ、壊れそうなほどに速くて……。

「……慣れないベッドでも、ちゃんと眠《ねむ》れそうか？」

彼の囁きに、ぼくは必死で平気そうな声を出す。

「……大丈夫《だいじょうぶ》です。ソファの方がもっと眠れそうな気はしますが」

ぼくが答えると、彼はクスリと笑って、

「……それは許可できない。抱き締めてほしければ、いつでもそうしてあげるけれど？」

「……遠慮《えんりょ》しておきま……ふわあ……」

言った語尾《ごび》が、あくび混じりになる。

今日はさまざまなことがあり……本当は、ぼくはとてもくたびれていたらしい。

そして、不眠症《ふみんしょう》気味で眠るのがとても大変なぼくが……珍《めずら》しく、あっという間に眠りに落ちてしまったんだ。

*

「もうすぐトリュフ入りのオムレツが焼けます。ほかにはクルトン入りのポタージュスープ、アーティーチョークとホワイトアスパラガスのサラダ・ヴィネグレーズ・ソース、自家製のパン」

ぼくは、小型のフライパンを振りながら言う。

「ぼくは、コーヒーだけ飲んだらすぐに出ますので。あとは適当に召《め》し上がってください」

彼の朝食を作るために、ぼくはいつもよりも四十分早く起きた。しかしたっぷりと眠ったので、いつもの眠くてドロドロの朝とは、比べモノにならないくらいに爽《さわ》やかだ。

フライパンの中の金色の卵液をフォークでかき混ぜ、フライパンを振って成形すると、それはあっという間に美しいオムレツになっていく。

……我ながら見事なオムレツだ。

ぼくは満足しながらフライパンを持ち上げ、美しい形のそれをそっと皿の上に移す。

「ああ、言い忘れていたが」

キッチンに入ってきた彼が唐突《とうとつ》に言う。

「私はオムレツは嫌《きら》いだ」

「はあ？　どうして最初に言わないんです？」

ぼくが振り返ると、彼は肩越《かたご》しにぼくの手元を覗き込んできて、

「うちのシェフは卵料理といえば、サニーサイドアップしか作らないんだ」

「最初に言ってください。せっかく買った高価な地鶏《じどり》の卵が無駄《むだ》になってしまった」

「だが……」

彼は皿の上のオムレツを見下ろして、

「これは、まるで芸術品のように美しい。オムレツとは思えないほど美味《うま》そうだな」

「いったい、今までどんなオムレツを食べてきたんです？」

「オムレツというものを食べたのは、五歳のときに一度だけ。当時いたシェフが作ったぱさぱ

さのオムレツ。それ以来、二度と口にしていない」

ぼくは呆気《あっけ》に取られてしまいながら、彼を振り返る。

「ええと……子供のときに食べたオムレツが不味《まず》くて、それ以来、食わず嫌いになったと？」

ぼくの問いに、彼は平然と答える。

「ああ。不味いものを食べる趣味《しゅみ》はないんだ」

……これでも『リストランテ・ラ・ベランダ』グループのオーナーなのか？

……まったく、子供じゃあるまいし……それに……。

ぼくは怒《いか》りがジワジワと沸《わ》き上がってくるのを感じながら彼を見つめ……それから、オムレツの皿を持ち上げる。

……この男！　ぼくの作ったものを見て、不味いもの、と言ったな？

何か言おうとした彼の手に、ムカつきながらそれを押し付ける。

「それならこれが食べられるはずです。ぼくは『リストランテ・ラ・ベランダ・トーキョー』のスー・シェフです。ぼくの作ったオムレツが不味いわけがない」

「たしかに君のオムレツは美しい。だが……」

「冷めないうちにさっさと食べてください」

ぼくが言うと、彼は呆気に取られた顔でぼくを見つめ……それからその唇に、妙《みょう》にセクシーな笑《え》みを浮《う》かべる。

「食べたら、何かご褒美《ほうび》がもらえるのかな、専属シェフ？」

……この男は……！

ぼくは怒鳴《どな》りそうな自分を必死で抑《おさ》え、わざと余裕《よゆう》の笑みを浮かべてやる。

「もちろんですよ」

「それなら」

彼は皿を受け取り、その場に立ったままぼくに手を差し伸《の》べる。

「なんです？」

「冷めないうちにここで食べる。フォークを」

……キッチンで食べるだと？　本当に子供か、この人は？

ぼくはあきれながら調理に使っていたステンレスのフォークを差し出してやる。

「銀のフォークがよければ、ちゃんとテーブルにセットしてあるんですが？」

「これでいい」

彼は言いながらそれを受け取り、それからふいに目を上げる。

「そういえば、これが君が私だけのために作ってくれた最初の料理になる。そう思うと少し緊《きん》張《ちょう》するな」

間近で、妙にセクシーな顔で微笑《ほほえ》まれて、なぜか心臓がトクンと跳《は》ね上がる。

「いいからさっさと召し上がってください」

ぼくが言うと、彼は素直《すなお》にうなずく。そして、とても慎重《しんちょう》な仕種《しぐさ》で、フォークをオムレツに近づける。

「信じられないほど滑《なめ》らかな表面だな。よくできた上等のデザートのようだ」

彼は感動したように言い、フォークの側面でオムレツをスッと撫《な》でる。

愛撫《あいぶ》するようなその仕種がなぜか妙にセクシーに見えて、背中にゾクリと戦慄《せんりつ》が走る。

……いったい、どうしたというんだ、ぼくは？

「いただきます」

ぼくが作った完璧《かんぺき》なオムレツは、フォークの先端《せんたん》でほんの数ミリの表面を破かれただけで、内側から半熟の卵を溢《あふ》れさせた。

「……あ……すごいな」

彼の唇《くちびる》から少し驚《おどろ》いたような声が漏《も》れる。

トロリとした半熟の卵は、滑らかな表面をトロトロと伝い、皿の上に上等のソースのようにふわりと広がる。

「とても美味そうだ」

彼はそれをフォークですくい上げ、優雅《ゆうが》な仕種で口に運び……。

ぼくは鼓動《こどう》が速くなるのを感じながら、彼の口元を見つめた。

……たしかにぼくはプライドが高く、自分の作った料理を不味いと言われるのは許せない。

……だが、いちいちこんなに緊張するなんて……。

「……美味《おい》しい……」

彼の唇から、感動したような呟《つぶや》きが漏れた。

その言葉に、再びぼくの心臓がトクンと跳ね上がる。

彼の美声で言われるこの言葉は、不思議とぼくの心を揺《ゆ》らしてしまう。

彼は夢中の仕種でオムレツを食べ……そしてそのまま完食してしまう。

「……あ……」

ぼくが言うと、満足げな顔をしていた彼が、ハッと気づく。

「……しまった、朝食のメインディッシュを先に食べてしまった」

その呆然《ぼうぜん》とした顔に、ぼくは思わず笑ってしまう。

「それなら何か別のものもつけましょうか？　ソーセージとか……」

「もう一つオムレツが欲しい」

「オムレツは苦手だったのでは？」

「今でもオムレツは苦手だ。だが……」

彼は空になった皿を見下ろしながら、妙に真剣《しんけん》な顔で言う。

「……君の作るオムレツは、普通《ふつう》のオムレツとは別格だ。……美味しい」

低い声で言われたその言葉に、ぼくの心臓が、トクン、と大きく跳ね上がる。

「……ありがとうございます」

言ったぼくの声は、いつにもまして冷たかった。

……でないと、嬉《うれ》しくて微笑んでしまいそうで……。

……ああ、どうしてだろう？

ぼくは必死で口元を引き締《し》めながら思う。

……彼の低い声で言われる『美味しい』は、ぼくをどこかおかしくしてしまう。

「その前に、デザートが欲しくなったんだが？」

彼がぼくを見下ろしながら、いきなり言う。

……来たか……。

ぼくは覚悟《かくご》を決め、呼吸を整えながら言う。

「それなら、目を閉じてください」

目を閉じた彼の肩に両手を置き、つま先立って……彼の唇にそっと唇を触《ふ》れさせる。

唇が微《かす》かに触れたとたん、また不思議な電流が走り……ぼくの唇から、小さな呻《うめ》きが漏れてしまう。

「……ん……」

その呻きがなぜかとても甘く聞こえて……ぼくは慌《あわ》てて顔を離《はな》し、彼から飛びすさるようにして離れる。

……今日こそやり直しと言われたら、どうしよう？

緊張しながら彼を見上げる。彼はゆっくりと目を開け、そのブルーの瞳《ひとみ》でぼくを見つめる。

「美味しかったよ、専属シェフ」

彼の唇から出た囁《ささや》きがとても甘くて……ぼくの鼓動が、ますます速くなる。

……ああ、彼といると、ぼくは本当におかしくなる。

アルマンド・ガラヴァーニ

レストランの一番奥にある最上級の席に座って、私は言う。

「今夜も満席か」

「そうですね。グランシェフの味は日本中、いえ、世界中に知れ渡《わた》っていますから」

私の脇《わき》に立った雪彦が、どこか誇《ほこ》らしげに言う。

彼が私に試食させているのは、新作の『フレッシュ・トリュフとフォアグラのムース　バジリコ入りのソース　チェスナッツ入りのガレットを添《そ》えて』。とても素晴らしい出来だ。

「君の名前も、もうすぐ世界中に知れ渡るだろうな」

私は、彼の試作品を堪能《たんのう》しながら言う。

「このムースは本当に素晴らしい。『リストランテ・ラ・ベランダ・トーキョー』の新しいメニューに加えよう。もちろん君のメニューとして登録する」

「……それは……」

雪彦はなぜか苦しげな顔になって、

「待ってください。グランシェフに勧《すす》められてあなたに試食していただくことにしましたが、ぼくの中ではまだ完成品ではありません」

その言葉に、私は驚いてしまう。

「こんな天上でしか味わえないような美味を作っておいて、まだ完成品ではない？」

私は彼の顔を見つめながら言う。

「君はいったい、どこまで行く気だ？」

「お言葉はありがたいですが、ぼくは、まだまだ若輩者《じゃくはい》で……」

「鮎川さん！」

珍《めずら》しく慌てた顔のメートル・ド・テルの尾形氏が、雪彦に小走りに駆《か》け寄ってくる。

「あの方がいらっしゃいました。ウエイターたちがエントランスで止めていますので、すぐに厨房《ちゅうぼう》に戻《もど》ってください」

尾形氏の言葉に、雪彦の顔がこわばるのが解《わか》る。

「わかりました。……失礼します」

雪彦は私に軽く会釈《えしゃく》をして、素早く厨房に戻っていく。尾形氏は雪彦を気遣《きづか》うように付き添いながらも、エントランスの方にチラチラと視線を送っている。

……いったい、何があったんだ？

私は彼のこわばった顔を思い出し、心配になる。

「お待たせしました。『オマール海老《えび》と筍《たけのこ》のグリエ　アメリケーヌ・ソース』です」

スイングドアから出てきた和哉が、私のテーブルに前菜を置く。

「これ、オレの新作です。グランシェフが、どうせならオーナーに食べてもらえって。……よかったら試食をお願いできますか？」

真面目《まじめ》な顔で言って、ぺこりと頭を下げる。

普段《ふだん》は跳《は》ね返りで生意気な印象の強い彼だが、料理に関することになるとこんなふうにとても一途《いちず》で真剣な顔を見せる。

……見かけは申し分のない美青年だし、このギャップが小田桐にはたまらないのだろうな。

私は微笑《ほほえ》ましい気持ちになって、フォークを持ち上げる。

「試食をしたら、何をご褒美《ほうび》にくれる？」

私が言うと、彼は長い睫毛《まつげ》に囲まれた目を驚いたように見開く。

「オレからオーナーにご褒美、ですか？」

不思議そうに言う。

……この自覚のなさそうなところが、小田桐にとってはまた可愛《かわい》いのだろうな。

私は笑いをこらえながら、

「ご褒美くらいもらってもいいだろう？　キスはどうだ？」

私が言うと、彼はさらに目を丸くし……それからいきなりプッと噴《ふ》き出す。

「そんなことを言ってると、スー・シェフにあきれられちゃいますよ？」

楽しげな口調で、無邪気《むじゃき》に言う。

……彼は、雪彦がまだ小田桐に未練があるなどとは思ってもいないのだろうな。

思いながら目を上げると……厨房に続く丸窓から、小田桐がさりげなくこっちを窺《うかが》っているのが見えた。私は大げさにため息をついてやって、

「たしかに。それに、君の過保護な恋人《こいびと》がこっちを窺っているようだしね」

「え？」

和哉は私の視線を追って振《ふ》り返り、あきれたようにため息をつく。

「まったく、本当に過保護なんだから。自分からオーナーに試食を頼《たの》めって言ったくせに『褒美をよこせなどと言われたら、すぐに戻ってくるように』なんて言うし」

私は思わず笑ってしまいながら……ふと胸が痛むのを感じていた。

……この二人はきっと運命の恋人同士で、絶対に離れることはないだろう。

……しっかりと結び付けられたこの二人を間近で見るのは……雪彦にとってはとてもつらいことだろうな。

「ところで。『あの方』というのはなんだ？　何か心当たりはないか？」

和哉は、心当たりがあるような顔をして、店の中を見回す。それからある男に視線を留めて眉間《みけん》にキュッとしわを寄せる。

「やっぱり……またあいつが来てるんだ」

「あいつ？」

私が言うと、和哉はとがめられたと思ったのか、慌てて、

「あ、すみません。いちおうお客様だしあいつ呼ばわりはよくないですよね」

「雪彦を不愉快《ふゆかい》にさせるような人間が来ているのか？」

言うと、和哉は少し迷ってからうなずく。

「ええと……お客様の悪口はいけないと思うんですけど……」

和哉はまたチラリと振り返る。

尾形氏に案内されてきたのは、カップルの多いこの店にしては珍しい男一人の客。

彼は私たちが見ていることなどまったく気づいていないように、厨房へ続くドアの方をチラチラと振り返りながら、席に座る。

さっきこちらを睨《にら》んでいた小田桐はさすがにすでに姿を消していて……その代わり、作業台で働いている雪彦の姿を見ることができた。

「まさか……雪彦のストーカーか？」

「別に犯罪行為《こうい》をしたわけじゃないから、ストーカーなんて言っちゃいけないんだろうとわかってはいるんですけど……」

和哉は何かを思い出すようにため息をついて、

「……ちょっと要注意人物なんです」

「あの男、雪彦に何かしたことがあるのか？」

案内されてきたのは、四十がらみのいかにも遊び人といった風情《ふぜい》の男だった。逞《たくま》しい身体を包むダブルのスーツに、派手なネクタイ。いかにもタラシといった雰囲気《ふんいき》の派手な顔。いかにも世の中のすべては自分の思い通りになる、と言いたげな傲慢《ごうまん》な唇《くちびる》。

彼は、大きな黄色いバラの花束を持っている。その花束は誰《だれ》かを待っていることを意味しているようで、カップルの多いこの店の中でも浮《う》いてはいないのだが……。

……危険だな。

……おとなしく待っているタイプには、到底《とうてい》見えない。

私はその男を見ながら思う。私のセンサーが、この男は危険だ、と判断している。傲慢そうな様子に反して、彼の視線はしっかりと厨房を見つめている。雪彦が出てくることを切望しているように見える。

その男はテーブルにつきながら、厨房へのスイングドアを見つめてため息をつく。

……この様子ではかなり思いつめていそうだ。

その男は、去ろうとした尾形氏を呼び止め、そして思いつめたような顔で何かを囁《ささや》いている。尾形氏は慇懃《いんぎん》な態度で、頼みを断ったらしい。彼が控《ひか》えめな声で「申し訳ありませんが」と言っているのがここまで聞こえてくる。

「鮎川さんを呼び出してくれって言ってるんです。あの人、店に来て鮎川さんを厨房から呼んでは立派なバラの花束を渡そうとするんですよ。ほかのお客さんからは好奇《こうき》の目で見られるし、鮎川さんはそういうふうに目立つの嫌《きら》いだし」

和哉は、メートル・ド・テルにしつこく食い下がっているその男を見つめてため息をつく。

「この前、鮎川さんは『ほとんどの料理を作っているのは自分ではなくてグランシェフです。だからスー・シェフである自分が花をいただく理由がありません』って彼にはっきり言いました。『もしも私の前菜を評価してくださるのでしたら、美味《おい》しい、と思っていただければそれだけで十分ですので』って。そうしたら……」

和哉は言いづらそうにそこで言葉を切る。

「そうしたら？」

私がうながすと、彼は迷いながら、

「なんか、閉店後にビルの下で待ち伏《ぶ》せされたみたいです。次の日の朝のミーティングで、『バラを持ってくるあのお客様が、昨日ビルの下で待っていました。あの方にご挨拶《あいさつ》するのはもう遠慮《えんりょ》します。鮎川を出せと言われても、なんとかごまかしていただけますか？』って平然と言っただけで、詳《くわ》しくは話してくれなかったんですけど……」

その言葉に、私の心臓が、ドクン、と跳ね上がる。

「あの男に待ち伏せされた？……何かされたのか？」

心の中に、激しい怒《いか》りがジワリと沸《わ》き上がってくる。私が怒《おこ》ったのを気配で感じたのか、和哉が慌《あわ》てて、

「いえ、鮎川さんは綺麗《きれい》な顔に似合わずけっこう強い人ですし、そんなに深刻そうではなかったんで、待ち伏せされただけで、何もなかったと思うんですけど……」

……なんてことを……。

私はその男を睨みつけながら思う。

……雪彦は、私が、絶対に守る。

＊

「今日はリムジンが来ない」

着替《きが》えが終わって事務室に入ってきた雪彦に、私は言う。

「一緒《いっしょ》に帰ろう。どうやって帰る？　電車？」

私は、提案をしてみる。

……まるでデートのようだ。

しかしこれはそんなに気楽なものではなく、もしかして階下で待っているかもしれないあの男への牽制《けんせい》だ。

……雪彦には、もう守ってくれる男がいる。おまえの出る幕はない。

私はあの男に、心の中で言い捨てる。

「地下鉄経由で豊洲《とよす》に行き、ゆりかもめに乗るという手もありますが……この時間だとゆりかもめの最終に間に合うかどうか、微妙《びみょう》ですね」

彼は、時計を見上げながら言う。

「先日、築地から晴海、そして有明《ありあけ》までをつなぐ新しい橋ができました。運動不足解消に、ぼくは歩いて帰ります。あなたはタクシーでどうぞ」

「それならもちろん、私も一緒だ」

私が言うと、雪彦は疑わしそうな顔でチラリと私を見上げて、

「リムジン移動が当然のあなたに、ちゃんと歩けるんですか？　ここからだと四十分くらいは歩くと思いますよ？」

「日本に来ている間は行けていないが……ミラノでは本社近くのジムのランニングマシンで時間のある限り走っている。歩くくらいなんでもない」

彼は、このブルジョアが、とでも言いたげな顔をしてから、

「お好きにどうぞ」

冷たく言って踵《きびす》を返す。

……これでやっと、うるさい運転手抜《ぬ》きでデートができるぞ。

……それに……。

私はあの男の顔を思い出して眉《まゆ》を顰《ひそ》める。

……彼はきっと雪彦をまた狙《ねら》いに来るだろう。もしかしたら、今夜あたりも……。

*

「ここで休憩《きゅうけい》だ」

橋の半ばには、運河の上に突《つ》き出たスペースがあった。そこには小さなベンチが置かれ、通る人間が休憩を取れるようになっていた。

「ここに座って」

私が言うと、彼はとても馬鹿《ばか》にしたように眉を上げて見せて、

「信じられません。もう降参ですか？」

「そうじゃない。ちゃんと景色を見なさい」

私は手を上げて、橋から見渡《みわた》せる東京湾《わん》と、美しく煌《きらめ》くレインボーブリッジを指差す。

「恋人同士《こいびとどうし》なら、夜景の美しい場所で立ち止まるのは当然だろう？」

彼は不愉快そうに眉を寄せてから、ベンチの脇《わき》に置かれている灰皿を見る。

「タバコを吸うのなら、お付き合いしますが」

「そういうことにしておこう」

私は言ってベンチに座り、ポケットからハンカチを取り出す。それを広げ、ベンチにそれを敷《し》いてやる。

「何をしているんですか？」

「君のスラックスが汚《よご》れたらどうする？　もう敷いてしまったんだから座ってくれ」

彼は私の言葉を遮《さえぎ》り、そしてため息をつく。

「仕方のない人だ」

あきれたような声で言って、私の隣《となり》に座る。そして内ポケットからタバコの箱とプラスティック製の小さなライターを取り出す。

彼が取り出したのは、フランス製のジタンだった。その洒落《しゃれ》たパッケージが、彼の雰囲気と不思議と合っている。

彼は慣れた仕種《しぐさ》で、紙箱を軽く叩《たた》く。彼の細い指が、タバコを一本摘《つま》み上げる。

「君がタバコを吸うとは、少し意外だな」

「悪癖《あくへき》なのは解《わか》っています。舌が鈍《にぶ》るといけないので、もちろん料理の前には吸いません」

彼は細身のタバコを銜《くわ》え、ライターで火をつける。

そして、遠くの夜景を見つめて、まるでつらいため息をつくように細く煙《けむり》を吐《は》き出す。

「……自分の店のシェフが、タバコを吸うことに、反対ですか？」

彼の儚《はかな》げな横顔と、ふわりと香《かお》ったタバコの香りに、私は一瞬《いっしゅん》我を忘れる。

「いけないとは言っていない」

私は手を伸《の》ばし彼の指から、タバコを奪《うば》い取る。

「……え？」

驚《おどろ》いた顔をする彼を見ながら、彼の吸ったタバコを銜える。

囁《ささや》いて、タバコの香りがする間接キスだ。なかなかいい」

彼は目を丸くしたまま私を見つめ、それからふいに目をそらす。

「お金持ちなんでしょう？　自分のタバコを吸えばいいのに」

彼の頬《ほお》が微《かす》かに赤く染まった気がして、私は彼への愛《いと》おしさがますます膨《ふく》らむのを感じる。

「雪彦、一つ聞いてもいいか？」

私が聞くと、彼は不思議そうな顔をして、

「何をですか？」

「あの野郎《やろう》に、何かされたことがあるのか？」

私が聞くと、雪彦は何かを思い出したかのように眉を寄せる。そして、

「いいえ、別に」

彼が答えるタイミングはとても不自然で、私は何かがあったことを確信する。

「……あの男……！」

私が言うと、雪彦は、

「あのお客様、と言ってください。仮にもオーナーでしょう？」

「君に何か不愉快《ふゆかい》なことをしたことがあるのだとしたら、そんな男を何度も店に入れてしまってどうする。彼は出入り禁止だ。予約も満席だからと断れ」

私の言葉に、雪彦は少しだけホッとした顔になる。しかしすぐに、

「待ってください。そんなことをしたら『リストランテ・ラ・ベランダ・トーキョー』と小田桐さんに迷惑《めいわく》がかかるかもしれません」

雪彦は怒ったようにきつく眉を寄せながら言う。

「自分の身の安全よりも、小田桐のことを守るのか？」

私の問いに、雪彦は眉を寄せたまま、唇《くちびる》を噛《か》む。それから、

「ですから。そんなに騒《さわ》ぐほどのことをされていませんと言っているでしょう？」

彼は言って、ふいに立ち上がる。

「そろそろ冷えてきました。……あのタクシーを拾いませんか？」

「オーケー」

私は言って、近くにあった灰皿でタバコを消す。

そして近づいてくるタクシーの明かりに向かってを手を挙げる。

「……私はどんな時でも君の味方だし、いつでも君を守りたい。もしも何かあったらすぐに私に言うんだよ」

街灯の光に煌めく彼の褐色《かっしょく》の瞳《ひとみ》を見つめながら、私は心を込《こ》めて言う。

……そうだ。彼はとても強そうに見えて、実はきっとガラスのように脆《もろ》い。

……彼のことは、私がしっかりと守ってやらなくては……。

鮎川雪彦

理由は解らないが、昨日からずっと、ぼくの気持ちは複雑だった。

父は早くに亡《な》くなり、母は仕事で忙《いそが》しかった。ぼくはずっと母を助けながら、三人の弟たちの面倒《めんどう》を見てきた。そのせいか、ぼくは誰《だれ》かに守られるということをされた記憶《きおく》がない。

……しかし、ガラヴァーニといると、なんだか……。

ぼくの鼓動《こどう》が、トクンと高鳴る。

……なぜか、ぼくは少しおかしくなる。

ぼくにバラを持ってくるあの男……いちおう店のお客なので人前では言わないようにしているが、不愉快なのは確かだ……は、前に沼野《ぬまの》と名乗った。

和哉のように美しい青年なら解るが、なぜかこんなに平凡《へいぼん》なぼくに執着《しゅうちゃく》し、バラやプレゼントを渡そうとしてくる。

ぼくは騒ぎを起こして小田桐さんに迷惑をかけないようにやんわりと断り続けていたが……

ある夜、あの沼野にビルの下で待ち伏《ぶ》せされ、いきなり分厚い封筒《ふうとう》を差し出された。

開いたままだった口から見えていたのは、束になった一万円札。たぶん、ピン札の百万円だったのだと思う。

『これをあげるから、一晩でいい、君を自由にさせてくれ』と言われ、何かを思い詰《つ》めたような目で見つめられて……ぼくは怒《いか》りを通り越《こ》して恐《おそ》ろしくなった。

本当は店に逃《に》げ帰って誰かに助けを求めたかったが、そんなことをしては騒ぎになる、と必死で勇気を振《ふ》り絞《しぼ》って耐《た》えた。そして『ぼくはシェフで、男娼《だんしょう》ではありません。もう二度と来ないでください』とだけ言い残して、ちょうど通ったタクシーを停《と》めて飛び乗った。

慌《あわ》てて車を出してもらったが……思い詰めた顔の彼が、タクシーに追いすがってくるのがバックミラーに映り……ぼくはその時、あの男を本気で怖《こわ》いと思ったのを覚えている。

だが、もちろん、そんなことを小田桐さんやほかのメンバーに言えるわけがなく。

ぼくはただ、あのお客様に挨拶《あいさつ》をすることは今後控《ひか》えたいのでお願いします、という意味のことだけを、小田桐さんとメンバーに告げた。

彼らは何かあったことを察して心配してくれたが、ぼくは沼野のしたことに関しては口外しなかったし、彼の入店を断ってもらうこともしなかった。

あの時に見た沼野の思い詰めた目が、ぼくはずっと忘れられない。沼野が店に来て、ぼくを厨房《ちゅうぼう》から呼び出そうとするのは……本当は、身がすくむほど怖い。

もしも沼野がこの店の悪口を言いふらしたとしたら、この店の輝《かがや》かしい名前に傷が付く。

そう思って、ずっと秘密にして、我慢《がまん》をしていたのに……。

ガラヴァーニの、本気で心配している目。そして優《やさ》しい言葉が、ぼくを弱くしそうになる。

……こんなことでは、ダメだ。

ぼくはため息をつきながら、ガラヴァーニがいるはずの事務所に向かう。

コンコン！

手を上げて、ノックを二回。

「雪彦？　どうぞ」

彼は、ドアを叩《たた》いたのがぼくであることをあっさり見抜《みぬ》いて言う。そして内側からすぐにドアが開かれる。

「ノックなどしなくても、そのまま入ってくればいいのに」

見下ろしてくるガラヴァーニの優しい目に、なぜだか胸がドキリと高鳴る。

……ああ、本当にどうしたんだろう……？

ぼくは、自分の感情が理解できない。

……彼といると、ぼくはだんだんダメになってしまいそうだ。

しかし、ぼくの心は、それを嫌《いや》とは思っていないような……。

ぼくはドアの前でため息をつき、心を落ち着かせる。

「ぼくは、今夜は、お先に失礼します」

ぼくが言うと、彼は驚いた顔をして、

「待っていてはくれないのか？」

「鍵《かぎ》はいただいていますし、先に帰って夜食の準備をしたいんです」

踵《きびす》を返そうとするぼくの腕《うで》を、彼がいきなり摑《つか》んだ。

「あの男が待ち伏せしていたら、どうする気だ？」

「ぼくは女性ではありません。過保護にされるのは不愉快です」

ぼくは言って、彼の手を振り払《はら》う。強い力で振り払ったつもりはないのだが、彼はなんだか妙《みょう》に傷ついた顔をする。

「それなら帰りにはリムジンを使ってくれ。私はタクシーを呼ぶ」

「それは……」

「でないと、帰らせない」

彼が強い口調で言って、ぼくを真《ま》っ直《す》ぐに見つめる。その端麗《たんれい》な顔にはとても心配そうな表情が浮《う》かんでいて……ぼくの心をズキリと痛ませる。

……ああ、どうしてこんな気持ちになるんだろう……？

……こんなふうに扱《あつか》わないでくれ、と拒絶《きょぜつ》できればいいのに……。

「わかりました。リムジンを使わせていただきます」

ぼくが言うと、彼はまだ心配そうな顔をしながら、

「それならいいが……きちんと気をつけてくれ。君はあまりにも無防備すぎる」

「ぼくのことはいいですから、きちんと仕事をしてください」

ぼくは言って踵を返し、そのまま事務所を歩み出た。

……ああ、なんだか……。

ぼくは部屋を出ながら、小さくため息をつく。

……なんだか、自分がこのまま変わってしまいそうで、怖い。

ぼくは厨房に残っていた小田桐さんと和哉に挨拶をし、口々に、気をつけて、と言われながら店を出た。

エレベーターで一階に下り、そして従業員出入り口から、外に出る。

すぐそばの道路にリムジンが停まっているのを見つけ、運転手さんに見とがめられないように、街路樹の蔭《かげ》を縫《ぬ》って反対側に歩き出す。

そしてしばらく歩いたところで立ち止まり、気配を探《さぐ》る。

……やはり……。

「沼野さん、そこにいらっしゃいますね？」

ぼくが言うと、一瞬《いっしゅん》の沈黙《ちんもく》の後、近くの街路樹の蔭から背の高い人影《ひとかげ》が出てきた。

「待ち伏せなどしてすまない。でも、どうしても君に一目会いたくて……」

彼の手には、今夜も黄色いバラの花束が握《にぎ》られていて……ぼくは暗澹《あんたん》たる気分になる。

「昨夜《ゆうべ》もここにいらっしゃいましたね？　そして後をつけて来ていた」

ぼくが言うと、彼は悔《くや》しそうに言う。

「君が別の男と一緒《いっしょ》に帰るのが見えたから。君があまりにも視界が開けたところばかり通るので、なかなか近くに行けず、相手の顔までは見られなかったけれど」

……やはりそうか。

昨夜、ビルを出た時に、この男の気配を感じた。だが、ほかにひと気がなく、視界の開けた橋を渡り始めると、その気配は遠ざかった。

もしもこの男が彼のマンションまでつけてきたら、とぼくは心配になり、念のため、そこから先はタクシーに乗ることにしたんだ。

「いったいどういう男なんだ？　二人きりで歩いたりして、危険はないのか？」

彼は自分のことを棚《たな》に上げて、まるでぼくの恋人《こいびと》でもあるかのように言い募《つの》る。

「今夜は、あなたにきちんとお話ししたいことがあります」

ぼくは、ずっと逃げ続けてきた沼野の顔を真っ直ぐに見上げる。

「ぼくには愛している人がいるんです。お気持ちは嬉《うれ》しいのですが、どんなプレゼントをいただいても、あなたのことを好きになることは永遠にありません」

沼野の顔が、まるで物理的なダメージでも受けたかのように歪《ゆが》む。

「あなたには、きっと別に運命の人がいるのだと思います。ぼくなんかではなく、その方のために時間とお金を使って上げてください」

　ぼくは言って、彼に向かって深く頭を下げる。

「ぼくの料理を気に入ってくださって、本当にありがとうございました。そのお気持ちを無駄《むだ》にしないよう、これからも頑張《がんば》って、調理人として精進《しょうじん》します」

「そんな……」

　かすれた声がして、ぼくは顔を上げる。

「私の運命の人は、君しかいないのに……」

　沼野の唇《くちびる》から、震《ふる》える声が漏《も》れた。

「どうしてそんなことを言うんだ……？」

　彼の目の奥にギラギラとした光があるのを見て、ぼくは思わず一歩後ずさる。

　重そうなバラの花束が、いきなり路上に投げ捨てられる。

　舞《ま》い上がった花びらに目を奪《うば》われた瞬間、ぼくの身体《からだ》は沼野の腕に抱き込《だ》まれていた。

「うわっ！」

　知らない男に抱き締《し》められることに、ぼくの心と身体は全身で拒否《きょひ》反応を起こす。

「放してください！　嫌だっ！」

　全力で抵抗《ていこう》しようとするぼくを、沼野は強い力で抱き締め続ける。

「おとなしくしろ。金ならこの間の五倍でも十倍でもいい、好きなだけやるから」

いやらしい声で言われ、万力のような力で身体を締めつけられて……嫌悪《けんお》と苦しさに、気が遠くなりそうだ。

「金なんかいらない！　あんたみたいな男に抱かれるなんて絶対に嫌だ！」

ぼくは必死で抵抗しながら叫《さけ》ぶ。沼野はいやらしい声で言う。

「どうせ、昨夜の男にも夜通し抱かれたんだろう？」

その言葉に、ぼくは本気で驚《おどろ》いてしまう。

……ガラヴァーニが？　ぼくを抱く？

「あんたみたいなツンと澄《す》ました美人が、今頃《いまごろ》は男の下でアンアン泣いてよがっているのだと思ったら……昨夜は想像だけで、うんと楽しませてもらったよ」

……なんてことを……！

「彼はそんなことはしない！　いやらしいことを言うなっ！　うぐっ！」

沼野の大きな手が、ぼくの鼻と口をしっかりとふさぐ。

「……うぐう……っ！」

あまりにもぴったりとふさがれすぎて、息ができない。

「もう我慢しないことに決めたんだ。今夜は回りくどいことなどしない。車で来ているから、どこかひと気のない場所に行こう」

……車で……？

「昨夜以上に、楽しませてやるから」

ぼくの全身から血の気が引く。

……こんな力の強い男に密室に連れ込まれたら、きっともう抵抗できない……！

……車に乗せられたら、おしまいだ……！

「うぐっ！　うぐうっ！」

ぼくは本気で抵抗し……しかし鼻と口をふさがれているせいで、暴れるほどに苦しくなってきて……。

ひと気のないビル街の明かりが、フワッと一瞬暗くなる。

……やばい、目眩《めまい》がしてきた……！

ぼくは、彼の手に必死で爪《つめ》を立てながら思う。

……このままでは、失神してしまうかも……！

……そうなったら、車に連れ込まれて……！

ぼくの全身を、寒気が走った。

……この男に抱かれるなんて、想像するだけで吐《は》き気《け》がする！

……だいいち、ぼくは小田桐さんを愛していて、彼以外の男になど、触《ふ》れられるだけで寒気がして……。

ぼくの脳裏《のうり》を、ガラヴァーニの端麗な顔がふいによぎった。

……助けて……！

ぼくは必死で、彼に向かって助けを求める。

……助けて……！

「彼を放せ！」

ぼくの心の叫びに答えるように、ビル街の暗がりに、凛々《りり》しい声が響《ひび》いた。

驚いたように一瞬だけ力の抜《ぬ》けた沼野の手から、ぼくは必死で顔をもぎはなす。

そのまま逃《に》げようとするけれど……酸欠のせいか、一歩も歩けずにその場に座り込む。

靴音《くつおと》が響いて、街灯の明かりの下《もと》に、背の高い男が姿を現す。

それは……ぼくがその姿を切望した……。

「……オーナー……！」

「お、おまえは……」

驚いた顔をしていた沼野の顔に、いやらしい笑《え》みが浮《う》かぶ。

「おまえは、昨夜、雪彦を抱いた男だな？」

「抱いた？」

ガラヴァーニの秀麗《しゅうれい》な眉《まゆ》が、きつく寄せられる。沼野がいやらしい声で、

「今夜は私が抱く番だ。譲《ゆず》ってくれてもいいだろう？」

「譲る？　雪彦をか？」

「そうだ。こんな高慢《こうまん》な美人を、一度でいいから乱暴に押し倒《たお》して……ぐあっ！」

ガラヴァーニの右ストレートが、沼野の頬《ほお》にいきなりヒットした。

路上を滑《すべ》るようにして飛び、仰向《あおむ》けに倒れた沼野の襟首《えりくび》を、ガラヴァーニの手がきつく絞《し》め上げる。

「……雪彦を抱くなんて……想像するだけでも、絶対に許さない！」

彼の手が、沼野の襟首をぎりぎりと絞め上げていく。

「……うぐ……」

口の中を切ったのか、唇の端《はし》から血を流している沼野が、苦しげな呻《うめ》きを漏らす。

「雪彦は、私にとって、抱くことすらできないほど大切な人なんだ！」

ガラヴァーニの右手が、大きく振《ふ》り上げられる。沼野の目が怯《おび》えに見開かれ……。

「もういいですから」

ぼくは言い、振り上げられたガラヴァーニの腕《うで》にすがりついた。

「こんな男のためにあなたの栄光に傷がつくなんて、ぼくには我慢《がまん》ができません」

ガラヴァーニの腕が、必死でこらえるようにブルブルと震えているのを感じる。

彼の引き締まった顔には、激しい怒《いか》りと、それだけでなく、どこかが激しく痛むような苦しげな表情が浮かんでいた。

「ぼくを守ってくださって……ありがとうございます」

ぼくはガラヴァーニの顔にゆっくりと顔を近づけ、そっと唇を触れさせる。

以前のようにほんの微《かす》かに触れさせるだけのキスではなく、きちんと唇を合わせるキス。

握《にぎ》りしめていたガラヴァーニの腕から、ゆっくりと力が抜けていくのを感じる。

沼野が、よろけながら立ち上がるのが解《わか》る。彼はこけつまろびつしながら、道路を逃げ去っていく。

ぼくがゆっくりと唇を離すと……ガラヴァーニの唇から、微かなため息が漏れた。

どこか夢から覚めたような彼の目が、ぼくを陶然《とうぜん》と見つめる。

「帰りましょう。ぼくが夜食を作りますから」

ぼくは囁《ささや》きながら、彼のブルーの瞳《ひとみ》を見つめ返す。

「でも、今夜のデザートは前払《まえばら》いしましたからね？」

彼の唇に微かな笑みが浮かんだのを見て、ぼくはやっとホッとする。

「今夜のデザートは……今までの中で一番素晴《すば》らしかったよ、専属シェフ」

彼の唇が動いて、囁きを漏らす。

「ありがとうございます、オーナー」

ぼくの脳裏に、さっき彼が言ってくれた言葉が甦《よみがえ》る。

『雪彦は、私にとって、抱くことすらできないほど大切な人なんだ』

……ああ、どうしてこんなに胸が熱くなるんだろう……？

アルマンド・ガラヴァーニ

メールと電話を使って今日の分の仕事を片づけ、私は厨房《ちゅうぼう》を覗《のぞ》くべく事務室から出る。

ガラン、ガラン！

そのとたん、厨房の方から聞こえてきた大きな金属音に目を見開く。

「……ああ、失礼しました！」

続いて聞こえて来たのは、雪彦の声。ほかのメンバーの、大丈夫《だいじょうぶ》ですか、という心配そうな声が続く。

……鍋《なべ》でも落として、雪彦が火傷《やけど》でもしたのでは……？

私は思い……気がついたときには全速力で厨房に駆《か》け込んでいた。

「どうした？」

厨房の床《ゆか》にはステンレスの小鍋が転がり、そして……。

想像通りの光景に、私は思わず息を呑《の》む。

「雪彦！　大丈夫か？」

いつも純白を保っている雪彦のシェフエプロンとシェフコート。だが、その腿《もも》から膝《ひざ》にかけての部分に、何かのソースを零《こぼ》したような茶色いシミが広がっている。

私の言葉に、彼は眉を顰《ひそ》めて、

「すみません。シェフエプロンはいつも清潔にしているのですが。もちろんすぐにクリーニングに出しますので……」

「そうじゃない。火傷は？」

私の声に、前田がおろおろした声で、

「本当にすみません、鮎川さん。俺が慌《あわ》てて後ろを通ったせいで……」

「大丈夫だ。エプロンの下までソースは染《し》みていないよ」

彼は、不自然なほど明るい笑みを浮かべて言い、そして小田桐を見上げる。

「すみませんでした。すぐに着替《きが》えて仕事を再開しますので……」

私は彼に歩み寄り、その言葉を遮《さえぎ》るようにして、彼の手を握る。

「……えっ？」

「ちょっと話がある。事務室へ来てくれ」

私は言って、驚《おどろ》いた彼の手を引いて事務室に入る。雪彦は怯えたような声で、

「すみません、この間からミスばかりで……」

私は振り返り、彼のシェフエプロンとシェフコートの裾《すそ》を摑《つか》んでまくり上げる。

「……あっ」

彼は慌てたように後ずさるが……その純白のシェフズボンにまでソースが染みていることに、私は気づいた。

「火傷をしているんだろう？　なのに忙《いそが》しいと言って隠《かく》そうとした」

私の言葉が図星であることを示すように、彼はギクリと肩《かた》を震《ふる》わせる。それから私から目をそらすようにして早口で言う。

「火傷などしていません。小鍋に入っていたソースは、もう冷えていましたし……」

「今日のディナーのメニューに、こんな色のソースは一つ。仔牛《こうし》のフィレのグリエに添《そ》えたドミグラスソースだけ。今日のような満席の夜に、ソースが冷える時間があるわけがない」

私は言って、彼の手首を捕《つか》まえる。怯えたような顔をする彼を引き寄せ、今まで座っていた椅子《いす》に座らせる。

「脚《あし》を見せなさい」

「なんでもないと言っています。こんな忙しい夜に、油を売っている暇《ひま》は……」

立ち上がろうと腰《こし》を浮かせる彼の肩を、私は両手で押さえてまた座らせる。

「言うことを聞きなさい。でないと今夜は二度と厨房には戻《もど》らせない」

私の言葉に、彼は眉を悔《くや》しそうに寄せる。それから覚悟《かくご》を決めたような顔をして腰をわずかに浮かせ、シェフコートの下で、シェフズボンを膝まで下ろす。

「……く……っ」

彼がわずかに顔を歪《ゆが》ませたのを、私は見逃《みのが》さなかった。

「失礼」

私は言って、彼の腿の上にかかっていたシェフエプロンとシェフコートをまくり上げる。

「……あ……っ」

彼が、小さく息を呑む。

彼のほっそりと形のいい腿はとても美しく、こんな時でなければ思わず見とれてしまっていただろう。しかし……。

「赤くなっているじゃないか。痛いだろう？」

シェフコートとシェフズボンの分厚い布地が熱を遮ったのか、幸い、ひどい傷にはなっていなかった。だが、彼の右の腿には、くっきりと細長い赤い痕《あと》がついてしまっている。

「こんな軽い火傷、痛くなどありません」

しかし傷一つない透《す》き通るような肌《はだ》の上で、それはとても痛々しく……。

「すぐに冷やさなくては」

私は言い、大丈夫です、と言う彼を置いたまま部屋を飛び出す。

廊下《ろうか》を全速力で走り、厨房に飛び込んで言う。

「氷と水の入ったボウルを。雪彦は腿に火傷をしている」

「本当ですか？」

「ソースは服の中まで染みてないって言うから、安心してましたけど……」

忙しく働いていたメンバーが動きを止め、驚いたように声を上げている。小田桐が眉《まゆ》を顰め

て、

「鮎川の性格を忘れていたな。仕事中に弱音など吐《は》くわけがなかったんだ」

言いながら、一番大きなボウルを持って冷凍庫《れいとう》に向かい、氷を放《ほう》り込む。ボウルに水を張っ

て手近なタオルをその中に入れ、そのまま厨房を出ようとする。

「ちょっと待て」

私は彼の腕《うで》を摑んで止める。

「おまえはここで、責任持ってディナーを作れ」

「それはオーナー命令ですか？　ですが鮎川は大切なメンバーで……」

「そうじゃない。彼を守るのは私の役目だと言っているんだ」

怒《おこ》った声で言う小田桐の手から、私はボウルを奪《うば》い取る。

「おまえのような鈍感《どんかん》男に、雪彦の綺麗《きれい》な腿を見せてたまるか」

私は言って、ボウルを持ったまま事務室に向かう。ボウルを抱《かか》えたまま半開きになっていた

ドアから中に入る。

事務室の無機質な椅子には、雪彦が呆然《ぼうぜん》とした顔で座っていた。

シェフズボンを膝まで下げ、無防備に美しい腿をさらした雪彦は、いつもの彼とは別人のようにか弱げに見えた。

まるで疲《つか》れ果てた少女か、羽を力無く垂らした天使のような……。

彼はハッと顔を上げて私の姿を認めると、か弱げな表情を消し、悔しそうに眉を寄せる。

「大丈夫だと言っています。大袈裟《おおげさ》な人だ」

「オーナーとして、次の日の仕事に支障が出るようなことは許さない」

私は言いながら、彼の前に跪《ひざまず》いてボウルを床に置く。そして彼の顔を見上げて言う。

「そう言えば、おとなしく治療《ちりょう》をさせてくれるか？」

「治療？　だから大袈裟だと言っているでしょう？　タオルを貸していただければ、自分で適当に冷やしますので……」

「小田桐に、こんな姿を見せたいか？」

私の言葉に、彼はハッとしたように動きを止める。

「小田桐は君の火傷を心配していた。私が出ていけば、今度は彼が飛んでくるぞ」

「それは……」

彼の顔に、私には見せなかった動揺《どうよう》がよぎる。そのことが、私の神経を逆撫《さかな》でする。

「彼の目に腿をさらし、彼の手で肌に触《ふ》れられても……平静でいられるのか？」

雪彦は、何が言いたいのか解《わか》らないと言う顔で、私を見つめる。

「そのままの意味だ。愛している男に触れられても、心を隠したままでいられるのか？」

彼が驚いたように目を見開く。そして、一瞬《いっしゅん》後……。

「……どういう意味ですか？」

パン！

私の頰《ほお》が、高い音を立てて鳴る。

「なんて失礼な人だ！　彼の手に触れられて、ぼくがどうにかなるとでも……っ」

彼の目に、いきなりフワリと涙《なみだ》が浮《う》かび上がる。

「あなたは最低だ……っ」

彼の涙を見て、私の心が壊《こわ》れそうなほどに痛む。

「そう、君の言う通りだよ」

私は言いながら、氷水で冷やしたタオルを、彼の右の腿《もも》の上に当てる。

「……くっ」

痛かったのか、息を呑《の》む彼を見上げて、

「君がほかの男のことで動揺するのが悔しい。意地の悪い気持ちになって君が泣くようなことまで言ってしまう。さらに……君の美しい腿を見てこんな非常時なのに発情しそうだ」

彼が驚いたように目を見開いて私を見つめる。私は自嘲《じちょう》しながら、

「君が言う通り、私は、最低の男だよ」

「……オーナー……」

雪彦の端麗《たんれい》な顔に、わずかな動揺が走る。

「だが、なんと言われようが君の肌に傷が付くことは我慢《がまん》できない。私の屋敷《やしき》に主治医を呼ぶ。痛みが引いたら今日は早退だ。いいね？」

彼は複雑な顔で私を見つめ……そして抵抗《ていこう》しても無駄《むだ》だと思ったのか、何も言わないままで小さくうなずいた。

彼の睫毛《まつげ》に宿ったままの涙を見て、私の心が不思議なほどに揺《ゆ》れる。

……こんなに愛しているのに……。

……どうしてこの想《おも》いは、彼に伝わらないのだろう……？

このまま強く抱《だ》き締《し》めて、心から愛している、ほかの男のことなど忘れてほしい、と懇願《こんがん》できたらどんなに楽だろう。

だがそんなことをすれば、この繊細《せんさい》な小鳥のような人は、きっと怯《おび》えて飛び去り、二度と私のもとには戻ってこないはずだ。

……本気の恋《こい》というのは……。

私は、愛する人の前に跪いたままで思う。

……こんなにも、つらいものだったんだな……。

「すぐに冷やしたようだから、痕は残らないでしょう」

ベッドに座ったぼくの右の腿に包帯を巻きながら、高齢《こうれい》のドクターが言う。

彼はずっとガラヴァーニ家の主治医をしていたけれど、高齢のために去年引退し、東京で悠々自適《ゆうゆうじてき》の生活を送っていたらしい。

そんな人をわざわざ呼び立てては申し訳ないと言ったにもかかわらず、ガラヴァーニはさっさと彼を呼び、ぼくの脚《あし》を診察《しんさつ》させた。

「脂気《あぶらけ》の多いものでの火傷《やけど》は、意外に深く、治るまでに長い時間がかかったりします。忙《いそが》しいのも解るけれど、火傷をしたらすぐに処置をすること。万全《ばんぜん》の状態で仕事をするためにも」

「解りました。本当にありがとうございました。わざわざ申し訳ありませんでした」

ぼくが頭を下げながら言うと、彼は包帯の端《はし》を金具で留めながら笑う。

「素直《すなお》な患者《かんじゃ》さんです。アルマンド様はあなたのことを跳《は》ね返りだとおっしゃいましたが」

「……跳ね返り？　ぼくがですか……？」

聞き慣れない形容詞に、ぼくは驚《おどろ》く。ぼくが今までに言われてきたのは、真面目《まじめ》だとか、冷たいだとか、そういう類《たぐい》のことばかりだった。

「そんなことを言われたことは、一度も……」

「じゃあ、アルマンド様の前でだけ、なのでしょうか？」

彼は笑いながら、診察鞄《かばん》を閉じる。

「アルマンド様には気を許しているわけですね？」

……気を許す？　あの男に？

ぼくは、彼の言葉に呆然とする。

……まさか、そんな……。

「アルマンド様は少し個性的だが、とても優《やさ》しい方ですよ」

「先生は……」

ぼくの口から、勝手に言葉が漏《も》れる。

「シニョール・ガラヴァーニのことをよくご存じなのですか？」

「私がガラヴァーニ家に務めさせていただいてから、今年で四十五年です。アルマンド様のことは生まれた時から知っていますよ」

「シニョール・ガラヴァーニの子供時代なんて想像できません」

ぼくが言うと、彼は楽しそうに笑う。

「大変な美少年で、いつも女の子に間違《まちが》われていました。彼はそれがとても気に入らなかったらしく、私のところに来ては『逞《たくま》しくてハンサムになれるクスリをちょうだい』と」

その言葉に、ぼくは思わず笑ってしまう。

「あの人がですか？」

「ええ。私は子供用のビタミン剤《ざい》を渡《わた》していましたよ。でも今はあの方は見とれるようなハンサムにお育ちになった。私のクスリがよほど効いたようです」

彼の茶目っ気のある言葉に、ぼくはまた笑ってしまう。

コンコン！

「先生、治療は終わりましたか？」

微《かす》かなノックに続いて、ガラヴァーニの声がする。

「ああ、終わりましたよ。入りなさい」

「失礼します」

入ってきたガラヴァーニの顔を見て、ぼくは思わず微笑《ほほえ》んでしまう。彼はチラリと眉《まゆ》を上げて見せて、

「廊下《ろうか》まで笑い声が響《ひび》いていた。私をのけ者にしてどんな楽しい話をしていたのかな？」

「もちろん秘密ですよ」

ぼくが言うと、ドクターもうなずいて笑う。

「そうです。守秘義務がありますからね」

甘党だというドクターは、ぼくがいれたホット・ショコラを美味《おい》しそうに飲みながら話し、夜中近くにリムジンで帰っていった。

「強情《ごうじょう》を張ったお仕置きをしなくてはいけないな」

ガラヴァーニの言葉に、ぼくはギクリとする。

「あなたやドクターにご面倒《めんどう》をおかけして申し訳ないとは思いますが、ぼくはもう子供ではないので……」

「まだ反省の色がない。お仕置き決定だな。……これも、条件の一つにしよう」

「え？」

「毎晩、火傷の治療をさせること。……この条件を呑んでくれるね？」

「待ってください、ぼくは……」

「呑んでくれるね？」

畳《たた》みかけるように言われて、気圧《けお》されたぼくは思わずうなずいてしまった。

……ああ、彼といると、本当に調子が狂《くる》ってしまう。

＊

彼のキスは、日に日にその激しさを増しているような気がする。

「……ん、んん……っ」

囁《ささや》いて、そのままぼくの唇《くちびる》を甘く吸い上げ、そのまま柔《やわ》らかく重なってくる。

「……雪彦……」

まるで愛《いと》おしい恋人にでもするような、その熱いキスに……ぼくの心が勝手に揺れる。

「……ん、ん……っ」

彼が唇を触《ふ》れさせたままで囁いてくる。

「……いつもあんなにクールなのに……」

ぼくが色っぽいわけがない、と反論したかったが……身体《からだ》も脳も痺《しび》れたようになって、言うことをきかない。

「……キスをされたら、こんなに色っぽくなるんだな……」

力が抜《ぬ》けてしまったぼくの唇の端《はし》から、飲みきれなかった唾液《だえき》が、ツツ、と溢《あふ》れた。

「……ああ……」

「……可愛《かわい》い……」

彼がセクシーな声で囁きながら、顎《あご》に流れた唾液を、まるで美味しい蜜《みつ》か何かのようにゆっくりと舐《な》め上げた。

「……あ……」

「……キスで、こんなにトロトロになるなんて……」

囁かれ、彼がぼくの首筋にキスをしてくる。

「……くう……っ！」

足先から背骨にかけて、不思議な甘い電流が貫《つらぬ》いた。

「……や……っ！」

ぼくは、反射的に胸に手をついて、彼を押しのけてしまう。驚いた顔をする彼に、

「もう、唇へのキスは終わりました。そんなところへのキスは、反則です」

速くなってしまった呼吸の下、必死で言う。

彼は少し呆然《ぼうぜん》とした顔のままでぼくを見つめ、それからふいにイジワルな顔になる。

「わかった。それなら……」

彼が言ってぼくの腋《わき》の下と膝《ひざ》の下に手を入れ、そのままぼくの身体をフワリと抱《だ》き上げる。

「……うわ……っ」

驚いている間にぼくを運び、まるで壊《こわ》れ物のように静かにベッドに座らせる。

「……あ……」

膝の下と腋の下から手を抜かないまま、彼がぼくを間近に見つめてくる。

「もしもここで、このまま押し倒《たお》したら……」

彼の甘い息が、ぼくの唇をくすぐる。

「君は私を許さないのだろうな」

彼の声には、どこかが痛むかのような切なげな響きがあって……ぼくはドキリとする。

「それは……」

ぼくの唇から、かすれた声が漏れた。

「……もちろん、許しません……」

ぼくは思っていることを正直に言うけれど……なぜか声が甘くかすれてしまって……。

「そうか」

彼はぼくを見つめたまま言い、それからその唇に苦しげな笑みを浮《う》かべる。

「それなら、やけどの手当てだけはさせてくれないか？」

彼に脚《あし》を見られることを思うだけで、鼓動《こどう》が速くなる。

「ですから、自分でできると……」

「その条件は呑んでくれたはずだ」

彼は足下《あしもと》に跪《ひざまず》き、そしてぼくを試《ため》すような目で見上げてくる。

「それとも、もう、この契約《けいやく》から降りたいか？」

心を見透《みす》かすような強い視線で見つめられて、さらに鼓動が速くなる。

「もしも……降りたいと言ったら？」

「その時は、最初に言ったことを実行するまでだ」

「ぼくのこの気持ちを、小田桐さんにバラすと？」

ぼくが言った瞬間《しゅんかん》、彼の端整《たんせい》な顔に、また、とてもつらそうな表情がよぎった。

その、妙《みょう》に胸を痛ませるようなその表情が、ぼくの心を痛ませる。

……なぜそんな顔をするんだろう？

「この気持ち、ね」

彼はなぜか苦しげな声で言って、その唇に苦い笑みを浮かべる。

「君はまだ、小田桐のことを愛しているというわけだ」

「……え……？」

彼が言った言葉に、一瞬、不思議な違和感《いわかん》を覚える。

ぼくはずっと、自分は小田桐さんを愛しているんだ、と思い続けてきた。

……なのに……？

「そうなんだろう？」

挑《いど》むような目で見上げられて、ぼくは呆然としたままうなずく。

「え？　ええ、そうですが……」

……なぜ、愛しているという言葉に、こんな違和感を覚えるんだろう？

彼はぼくを見つめたままで動きを止め、それからぼくから目をそらしてため息をつく。

彼の秀麗《しゅうれい》な眉間《みけん》に微《かす》かな皺《しわ》が刻まれたのを見て、ぼくはまた、不思議に思う。

……そして、彼はどうしてこんなふうにつらそうな顔ばかりするんだろう？

……彼は、失恋《しつれん》をした痛手を忘れるために、ぼくとこんなゲームを始めただけ。

……だから、ぼくが誰《だれ》を愛していようと、関係ないはずで。

ぼくの心が、なぜかツキンと微かに痛む。ぼくは、その痛みの意味が解《わか》らずに呆然とする。

……いったいどうしたんだ、ぼくは……？

「おとなしくしていなさい」

彼は言って、ぼくのスラックスのベルトに手を掛《か》ける。

「……あ……」

カチャ、と音を立てながらベルトの金具を外されて、なぜかドキリとする。

「じ、自分でやりますから……」

ぼくは慌《あわ》てて彼の手を押さえる。彼はそのブルーの瞳《ひとみ》でぼくを真《ま》っ直《す》ぐに見上げて言う。

「おとなしくして」

彼の声が、なぜかとても甘く聞こえて、鼓動が速くなるのを感じる。

「……あ……」

触れてしまった彼の手がふいにとても熱く感じられて、ぼくは慌てて手を離《はな》す。

その仕種《しぐさ》を承諾《しょうだく》と取ったのか、彼はぼくのスラックスの前立てのボタンをゆっくりと外す。

彼の指はぼくに触れないように慎重《しんちょう》に動き、ファスナーの金具を摘《つま》み上げる。

「……あ……っ」

ファスナーが、チチ、と音を立てて滑《すべ》る。

ぴったりとしたスラックスをはいていたせいで、下着越《ご》し、ファスナーの金具が滑るのを、ぼく自身で感じてしまう。

「……く……っ」

ぼくは慌てて唇を噛《か》む。

……でないと、なぜか勝手に声が漏《も》れてしまいそうで。

「恥《は》ずかしい？」

彼の声が妙にセクシーに感じられて、ぼくは急いでかぶりを振《ふ》る。

「いいえ」

言った声が少し震《ふる》えていて、ぼくは彼に気づかれなかったことを必死で祈《いの》りながら、ことさら冷たい声で言う。

「どうせ、男同士ですし」

「それならよかった。スラックスを脱《ぬ》がせる。お尻《しり》を浮かせて」

彼が、ぼくのスラックスのウエストに手をかけながら言う。

膝立ちになっているせいで、彼の顔がぼくの胸のあたりに接近している。

彼の芳《かぐわ》しいコロンがふわりと香《かお》って……さらに、鼓動が速くなる。

彼の手が、ゆっくりとスラックスを脱がせる。

綿シャツのボタンを下から二つ外し、そっと右腿《もも》だけを露出《ろしゅつ》させる。

「包帯を替《か》える。もしも痛かったら言ってくれ」

彼は言いながら、ぼくの腿に巻かれた包帯をゆっくりと解《ほど》き始める。

下着とシャツの裾《すそ》の下で、ぼくの中心が、ツキン、と疼《うず》いた。

……え……？

驚《おどろ》いている間に、ぼくの屹立《きつりつ》はトクンと脈打ち、その硬《かた》さを増してしまう。

……嘘《うそ》、だろう……？

ぼくはその反応に、自分で愕然《がくぜん》とする。

……どうして、反応してしまっているんだ、ぼくは？

意識したら、ぼくの屹立はさらにキュッと硬さを増してしまう。

ゆるめのシャツを着ているせいで、まだ、屹立の形がしっかりと解るほどではない。

でも、このままどんどん硬《かた》くなってしまったら、屹立が、シャツの布地を下から押し上げてしまいそうで……。

……このままでは、彼に気づかれてしまう……！

「あ、あの……っ」

ぼくが言うと、彼は驚いた顔で手を止める。

「すまない、痛かったか？」

「いいえ、大丈夫《だいじょうぶ》ですから」

「それならいいが。よし、これで終わりだ」

彼の指が包帯の端《はし》をそっと押さえ、金具で留める。

ぼくは彼に気づかれなかったことにホッとしながら、シャツのボタンを急いで留める。

自分の呼吸が熱くて速いことに気づき、ぼくは自分が発情していることを悟《さと》る。

……どうして、こんなふうに身体《からだ》が反応してしまうんだろう……？

ぼくは、小田桐さんのことをずっと愛していると思っていた。

でも思い出してみれば、ぼくは彼といて発情したことなど、一度もない。

彼と和哉が結ばれた時には悲しみに暮れたし、彼らが濃厚《のうこう》なキスだけでなく、セックスまでしていることを知った時にはとてもショックだった。

でも……小田桐さんといて身体が反応したり、彼にこのまま抱《だ》かれたいなどと思ったりしたことは、一度もない……。

ぼくはそのことに気づいて、愕然とする。

「大丈夫か？　痛みは？」

間近に跪《ひざまず》いているガラヴァーニの体温だけで、ぼくはおかしくなりそうだ。

「大丈夫、です」

答える声が、震えてしまう。

……ああ、ぼくは目の前にいる彼に、抱かれたいと思っている。

小田桐さんに抱《いだ》いていたのとは、段違《だんちが》いに熱いこの気持ち。

今のぼくは、身体だけでなく、心まで蕩《とろ》けそうになっていて……。

……もしかして、小田桐さんに感じていたのは憧《あこが》れ、そして……。

ぼくはガラヴァーニのブルーの瞳を見つめ返しながら、はっきりと悟ってしまう。

……きっと、これが……。

……本当の恋《こい》というものなんだ……。

＊

「ほら、あそこにすごい美青年が来てるだろう？」

相模原さんが、丸窓から外を見ながら言う。

「本当だ。すごい美人！」

「男一人なんて珍《めずら》しいですよね。もしかして、料理評論家とかじゃないですか？」

「いや、外食に慣れた、モデルじゃないかな？　ちょっと綺麗《きれい》過ぎるよね？」

丸窓を覗《のぞ》いた、和哉と前田、そして郷田が、口々に感想を述べている。

「こら、何やってる？」

ぼくが言うと、丸窓に張り付いていたメンバーが、慌てて厨房《ちゅうぼう》に散る。

「……ったく、サボっている暇《ひま》はないだろう？」

ぼくは言いながら、つい丸窓から、彼らが見ていた方を見てしまう。

そこにいたのは……見とれるような美青年。

サラサラの黒髪《くろかみ》に、ミルク色の頬《ほお》。

すんなりと可愛《かわい》い細い鼻梁《びりよう》。

桜色の唇《くちびる》。

長い睫毛《まつげ》の下の、綺麗な漆黒の瞳。

……まさに大和撫子《やまとなでしこ》じゃないか。

ぼくの心が、なぜかズキリと痛んだ。

……あんな美人なら、きっとガラヴァーニのようなハンサムと並んでも、とてもお似合いだろうな。

思ったら、なぜか心がチクリと痛む。

……もしもぼくがあんな美青年なら、ガラヴァーニが言う甘いセリフを、素直《すなお》に聞くことができるだろうか？

ガラヴァーニのキスは日に日に熱くなり、彼が囁《ささや》く口説き文句は、どんどん甘くなる。料理以外のことにまったく疎《うと》いぼくは、彼の言葉が信じられず、混乱するばかりだ。

……ああ、もう少し自信があれば、いろいろなことが変わるだろうに……。

思った時、厨房から店内をはさんだ向こう側、『PRIVATE』と書かれた事務室のドアがふいに開いた。

そこからガラヴァーニと小田桐さんが話しながら出てきたのを見て、ぼくはドキリとする。緊張《きんちょう》したようにうつむいていた美青年がハッとしたように顔を上げた。そして、思わず、という動作でわずかに椅子《いす》から腰《こし》を浮《う》かせた。

彼の視線の先には、店を歩きぬけるガラヴァーニと小田桐さんの姿があった。

たしかに、長身で人並みはずれたハンサムな二人が並んだところは、まるでパリコレのランウェイのように見栄《みば》えがする。そのために、ほかの女性客たちも驚いた顔をし、頬を染めているが……その美青年の様子は彼女たちとは少し違っていた。

彼は、今にも席を立って声をかけそうな様子だった。わずかに腰を浮かせたまま、膝《ひざ》の上のナプキンを握《にぎ》り締《し》めている。

……本当に、知り合いなのか？

ガラヴァーニは手に持った資料を見ながら何かを話していて……それから何かに気づいたようにふいに目を上げる。

その視線が黒髪の美青年に真《ま》っ直《す》ぐに向けられ、二人の視線がしっかりと絡《から》み合う。

ガラヴァーニは小田桐さんに何かを言うと、その美青年のところに真っ直ぐに歩み寄る。そして何かを言いながら、ごくごく自然な動作で向かい側にスッと腰掛《こしか》けた。

美青年の白い頬が、カアッと桜色に染まる。彼はまるで恋でもしているかのようにうっとりとガラヴァーニを見つめ、それから恥《は》ずかしげに目を伏《ふ》せる。

ガラヴァーニがからかうように何か言いながら、とても優《やさ》しい笑《え》みを浮かべたのを見て……

ぼくの心になぜか激しい痛みが走った。

……なんなんだ、これは……？

ぼくはシェフコートの上着の裾を思わず握り締めながら思う。

……まるで、嫉妬《しっと》でもしているかのような……。

ガラヴァーニのことばかり気になっていたぼくは、小田桐さんがスイングドアの向こう側に立ったことにやっと気づく。

「あ、すみません」

ぼくは慌《あわ》ててドアの前からどいて道を空ける。スイングドアから入ってきた小田桐さんは、ため息をついてから小声で言う。

「今の恋人はおまえなんだろう？　それなら気にするな」

「……え……？」

彼の言った言葉の意味が理解できずに、ぼくは呆然《ぼうぜん》とする。

「彼はただの昔の恋人。今ではきっとただの友人だ。恋人であるおまえは、堂々と構えていればいいんだよ」

彼は励《はげ》ますように言って、ぼくの肩《かた》をぽんと叩《たた》いてから歩き出す。

……昔の恋人……。

小田桐さんが言ったフレーズが、ぼくの頭の中をグルグルと駆《か》けめぐる。

……あの美青年が、ガラヴァーニの昔の恋人……？

美青年は、その潤《うる》んだ瞳《ひとみ》で、何かを説明しているガラヴァーニを真っ直ぐに見つめている。

そしてガラヴァーニがふと目を上げると、照れたようにそっと視線を落とす。

……なんだ、この二人は……。

ぼくの心が、ズキ、と激しく痛んだ。

……こんな人がいるのなら……。

ぼくの心臓が、壊《こわ》れそうに速い鼓動《こどう》を刻む。

……どうして、ぼくのことなんかを好きだって言ったんだ？

アルマンド・ガラヴァーニ

「雪彦はどうした？」

厨房を見回した私は、雪彦の姿がないことに気づく。和哉が心配そうな顔をして、

「あ、鮎川さんは、体調がすぐれないみたいで、さっき早退したんです」

その言葉に、私は驚《おどろ》いてしまう。

「責任感に溢《あふ》れる雪彦が早退するなんて、よほど具合が悪かったんだな。何時頃《ごろ》だ？」

「二十分くらい前です。すぐに言ったほうがいいかと思ったんですけど、鮎川さんが、オーナーには言わなくていいって」

和哉は言いづらそうな顔になって、

「オーナーは、あの美青年と楽しそうにお話し中でしたし」

「なんてことだ」

私は呟《つぶや》き、仕事の話に熱中してしまっていた自分を後悔《こうかい》する。

「雪彦が心配だ。私は先に帰る。……本社から電話があったら適当にごまかしてくれ」

小田桐に言うと、彼は眉《まゆ》を微《かす》かに寄せて言う。

「それはもちろんいいですが……」

「なんだ？」

小田桐はどこか怒《おこ》ったような顔で私に歩み寄り、そのまま私の腕《うで》を摑《つか》んで廊下《ろうか》に連れ出す。

そして中にいるメンバーに聞こえないような小声で囁いてくる。

「もし鮎川のことが本当に好きなのなら、彼の目の前で、ほかの美青年と親しげにするのはやめたらどうですか？」

「ああ？」

「鮎川が可哀想《かわいそう》だと思わないのですか？」

小田桐は本気で怒った顔になって、私を睨《にら》む。

「昔の恋人とあんなに親しげにするなんて」

「えっ？」

あまりにも意外な言葉に、私は驚いてしまう。そして小声で彼に囁き返す。

「昔の恋人というのはなんのことだ？」

「彼の顔を、俺はよく知っています。『リストランテ・ラ・ベランダ・ミラノ』にいる頃、あなたと彼が会っているのを何度か見たことがある。ミラノの街は意外に狭《せま》いんですよ」

不愉快《ふゆかい》そうに言われた言葉に、私は呆然とその頃のことを思い出す。

……そういえば……。

「ちょっと待て。その頃、彼とは仕事でよく会っていた。しかしそれだけだ。彼には別に想《おも》い人がいるし、私は彼を恋愛《れんあい》対象として見たことは一度もない」

「えっ？」

今度は小田桐が驚いた顔をする番だった。

「本当ですか？　『リストランテ・ラ・ベランダ・ミラノ』の前グランシェフが、あれはオーナーの恋人だよ、でも邪魔《じゃま》せずに応援《おうえん》してあげよう、と……」

「なんてことだ」

……前グランシェフはとても親切な人だ。だから親切心で知らないフリをしてくれたのだろうが……。

「まさか、雪彦に、あれはオーナーの昔の恋人だ、などと言わなかっただろうな？」

小田桐が、ハッとした顔をする。私は血の気が引くのを感じながら、

「まさか、言ったのか？」

「鮎川があなたと彼が親しげにしているのを見て、顔色を変えていました。だから、あれはただの昔の恋人なんだから気にするな、と言ってしまった」

「……なんてことを……」

私は手で顔を覆《おお》って、ため息をつく。

「私にとって、雪彦以外の人間は恋愛対象にはなり得ない。だから親しげに話しても深い意味など何もないのに」

小田桐は責任を感じているのか、少し慌てた声で、

「それなら、それをきちんと鮎川に言ってやってください。あなたと彼を見つめる鮎川は、とても苦しげでした。彼はきっと、あなたのことを……」

小田桐の言葉に、私の心臓が大きく跳《は》ね上がる。

「私のことを……なんだ？」

私は手を伸《の》ばし、思わず彼のシュフコートの襟《えり》を摑み上げてしまう。

「その先を、きちんと言え！」

「わあ！　オーナーとグランシェフが喧嘩《けんか》？」

更衣室《こうい》から出てきた一宮が、驚いたように声を上げる。

「どうかしたんですか？　喧嘩の原因は？」

郷田が驚いたように言って、厨房《ちゅうぼう》から出てくる。続いて出てきた和哉が慌てた声で、

「喧嘩じゃなくて、鮎川さんを心配するあまり、オーナーが凶暴化《きょうぼう》してるだけっ！　男と男の話し合いだから、邪魔したらダメですよっ！」

言って、一宮と郷田を厨房に連れ戻《もど》してくれる。そしてすぐに廊下に出てきて言う。

「あの、みんなが心配しています。事務室に行った方がいいかも」

彼の言葉に、私と小田桐は顔を見合わせる。小田桐が、私の手を摑んで引き剝《は》がし、怒った顔で襟を直しながら、

「事務室に行きましょう。鮎川のプライバシーの問題でもあるし。……和哉も来なさい」

彼は和哉の肩を抱《だ》き、そのまま歩いて事務室に入っていく。後に続き、ドアを後ろ手に閉めた私に、

「あなたが思っているほど俺は鈍感《どんかん》ではありません。それにあなたよりもずっと、彼とは長い付き合いだ。鮎川の気持ちは、彼が告白する前から知っていました」

彼の口から出た意外な言葉に、私は驚いてしまう。

「……そうなんだ。でも、あの時、断ってくれた……?」

和哉が、呆然《ぼうぜん》とした声で言う。小田桐は和哉に、

「そうだ。俺は右腕である鮎川に恋愛感情を持ったことは一度もない。それに俺にはあの時には、すでに運命の相手であるおまえが現れていたから」

「……グランシェフ……」

私は、二人の反応にも驚いてしまう。

「ちょっと待て。小田桐も、和哉も、鮎川の気持ちを知っていたのか?」

和哉が深くうなずいて、

「鮎川さんは一度、グランシェフにきちんと告白しています。それを立ち聞きしたオレが、二

人は恋人《こいびと》同士なんだって誤解して、グランシェフに冷たくしてしまって。それで二人の気持ちがすれちがって、グランシェフは一度ミラノに行こうとして……」

……小田桐は、一度だけ、ミラノ店への異動を承諾《しょうだく》しそうな気配を見せた。

……そのウラには、こんな事情があったのか……。

「その時、鮎川さんはオレに言ったんです。『ぼくだって小田桐さんのことを本気で好きだったんだぞ！　しかももう何年も前からずっとだ！　自分だけが本気だったみたいなことを言うな！』って。それから『ちゃんと根性《こんじょう》見せなかったら、今度こそ軽蔑《けいべつ》してやるぞ！』って言ってオレをタクシーに乗せて成田《なりた》まで送り出してくれました。そのおかげで、オレはグランシェフを引き留めることができて、今は……」

和哉と小田桐は、視線を絡《から》み合わせる。

……それで二人は結ばれた、というわけか。

「では、雪彦はどうして、私が出した条件を呑《の》んだんだろう……？」

私は呆然としながら呟く。

「条件？」

「なんのことですか？」

小田桐が、不審《ふしん》げに呟いて私を睨み付ける。和哉にも見つめられ、私は隠《かく》してはおけないだろうな、と思う。

「私は偶然《ぐうぜん》、雪彦がロッカールームで泣いているのを見てしまった。その直前、君たち二人がキスをしている場面を目撃《もくげき》していたので、雪彦が同じ光景を見たのだと想像できた」

あの時の悲しげな泣き方を思い出すだけで、私の心が憐憫《れんびん》で壊《こわ》れそうに痛む。

「君たちは厨房でイチャついた後、更衣室に戻って来た。二人に泣き顔を見られたくないと言う雪彦を連れ、私は雪彦と一緒《いっしょ》にクローゼットに隠れたんだ」

小田桐と和哉が、呆然とした顔でそれを聞いている。神妙《しんみょう》に聞いてはいたが、和哉の頬《ほお》がだんだん赤くなってくるように感じられるのは、気のせいではないだろう。

「落ち込み、泣いている雪彦を見て……私は小田桐に嫉妬《しっと》したのだと思う」

私はあの時の気持ちを思い出し、正直に言う。

「それで『小田桐を好きなことを二人に知られたくないのなら、私の家に来て食事を作ってほしい』と彼に言ってしまった」

「それでは脅迫《きょうはく》じゃないですか！」

小田桐が、本気で怒った顔になって言う。

「まさか、それをネタに鮎川を襲《おそ》ったんじゃないでしょうね？」

「そうだと言ったらどうする？」

私が言うと、小田桐は怒《いか》りに満ちた顔で一歩踏《ふ》み出す。

「鮎川は後輩《こうはい》であり、今は大事な右腕です。彼を傷つけたあなたを許しません」

「ちょっと待って！」

今にも私を殴《なぐ》りそうになっている小田桐の腕を、和哉が摑んで止める。

「オレは、オーナーがそんなひどいことをするとは思えない！　オーナー、鮎川さんに何をしたのか、具体的に言ってください！」

和哉の真剣《しんけん》な言葉に、私はため息をつく。

「キスをした」

「……は？」

目を丸くする小田桐に、私は、

「食事を作ってもらって、デザート代わりにキスをして、同じベッドで寝《ね》る。彼の寝姿がどんなに色っぽくても、彼の言葉がどんなに恋しくても……指一本触《ふ》れずにな」

「それは……」

小田桐は毒気の抜《ぬ》かれたような顔をして、呟《つぶや》く。

「……それは、恋する男にとっては拷問《ごうもん》なのでは……」

私は夜毎《よごと》のつらさを思い出し、深いため息をつく。

「もちろん、とんでもない拷問だ」

「でも、それって……」

和哉が、感動したような顔で言う。

「……それだけ、鮎川さんを愛してるってことですよね……？」

その言葉に、私は深くうなずいた。

「愛しているよ、とても」

雪彦と初めて会ったあの夜を、私は鮮《あざ》やかに思い出す。

「私が雪彦を初めて見たのは彼が『リストランテ・ラ・ベランダ・ミラノ』に来る前。もとは一流、今は三流に落ちぶれた、『オステリア・ダ・ミケーレ』という店で働いている頃《ころ》だ」

「彼が『オステリア・ダ・ミケーレ』にいる頃から？　そんな昔からオーナーと鮎川は知り合いだったんですか？　知らなかった」

小田桐が驚《おどろ》いたように言う。私はあの時のことを思い出して、苦い気持ちで笑う。

「あのひどいシロモノしか出さない最低の店で、彼の才能は宝石のように輝《かがや》いていた。彼が作ってくれた『手長海老《えび》と白アスパラガスのムース　ポルチーニ茸《だけ》のディクセル添《ぞ》え　ソース・ヴィネグレット』と『二種の牡蠣《かき》のミニグラタン　エシャロットバターつきの自家製パン・ド・セーグルを添えて』は本当に忘れられないほどの美味だった。その時に皿を持ってきたのが、当時ポワッソニエのアシスタントをしていた雪彦だった」

「ポワッソニエのアシスタントが、常連でもないお客様のためにオリジナルの料理を？　しかも、自分でお皿を運んだ？」

料理界ではそれは不自然なことがよく解《わか》っているらしい和哉が、不思議そうに言う。

「お皿を運ぶのはウエイターだし、お客さんに挨拶《あいさつ》に出るのはグランシェフですよね？　もしもその店のグランシェフの代わりに料理を作ったとしても、あとでめちゃくちゃ問題になりそうな……」

「鮎川は、その時にはもう、あの店を辞《や》めるつもりだったんだな」

小田桐が小さく呟く。私はうなずいて、

「雪彦の思いつめた顔を見て、私はすぐにわかった。彼はすぐにでもあの店を辞め、私の店の面接を受けに来るだろうと。そして本当に彼は面接を受けに来て……」

あの時の私は、彼が本当に面接に来てくれたことに柄《がら》にもなく舞《ま》い上がった。喜びのあまり裏口でいきなり告白をして、さらにキスまで奪《うば》いそうになってしまった。

彼の繊手《せんしゅ》が繰《く》り出した可愛《かわい》い平手打ちと、彼の怒《おこ》った顔がどんなに美しかったかを、鮮やかに思い出す。

「……ああ、あの時にはもう、私は後戻《あともど》りできないほどに彼を愛していたんだな」

私は、柄にもなく本心を呟いてしまう。

「オーナー。一つだけ、いいですか？」

小田桐が、何かを深く考えているような声で言う。

「あなたも鮎川もそして和哉も、『鮎川が俺を愛していた』ということを前提に話していますが……鮎川の俺に対する気持ちは、愛などではありませんよ」

「えっ？」

「どういうことだ？」

和哉と私の声が重なった。小田桐は、

「たしかに鮎川は強くて凛々《りり》しくて、そしてとても美しい。その気のあるゲイの男は、つい憧《あこが》れてしまうような存在でしょう。しかし俺は鮎川と出会った瞬間《しゅんかん》に、彼を恋愛《れんあい》対象から除外しました。そして彼も同じだったと思います」

「それって……どういうこと？」

和哉が、驚いた声で言う。小田桐は肩《かた》をすくめて、

「彼にとって俺は料理の師匠《ししょう》であり、兄のような存在。俺にとって彼は慕《した》ってくれる弟子《でし》であり、弟のような存在。それだけだ」

「でも、鮎川さんはオレに、グランシェフのことが好きなんだって……」

「初めて会った頃、彼は俺に言った。『あなたの才能と料理の腕《うで》に心酔《しんすい》しました』と。まるで兄を慕う弟のような澄《す》んだ瞳《ひとみ》でね。彼のあの目は、あの時からずっと変わっていない」

小田桐は肩をすくめて、

「鮎川は兄のように俺を慕ってはくれているが……俺とセックスをしたいとは一度も思ったことがないはずだ。でなければ、あんな一点の曇《くも》りもない澄んだ目ができるわけがない。まあ、落ち込んだ時に抱《だ》き締《し》めて髪《かみ》を撫《な》でてもらいたい、くらいは思ったかもしれないが」

小田桐は、私を真《ま》っ直《す》ぐに見つめて言う。

「彼が俺に抱いていた感情は……強《し》いて言えば、ブラコンの弟が、兄に恋人《こいびと》ができることを恐《おそ》れ、恋人に嫉妬してしまう……それと近いのではないかと」

「……『尊敬する師匠を慕う気持ち』と、『優《やさ》しい兄を誰《だれ》かに取られそうになって悲しく思う気持ち』か……」

私は呟き……そして慌《あわ》てて置いてあった荷物を摑《つか》む。

「こんなところでしゃべっている暇《ひま》はない！　雪彦ときちんと話をしなくては！」

私は言ってから、彼が私のマンションに戻ってはいないだろうと思う。

……だが……。

「雪彦の家を、私は知らない」

「そしたら……」

小田桐はシェフコートのポケットから出したメモ帳に、小さなペンで何かを書き付ける。

「……これ、鮎川の住所と簡単な地図です。行ってあげてください」

私は差し出された紙を受け取り、それを大切に握《にぎ》り込む。

「ありがとう」

「鮎川さん、様子が変でした。あのクールな彼があんなふうに茫然自失《ぼうぜんじしつ》するところなんて初めて見ました。きっと……」

彼は、強い瞳で私を真っ直ぐに見上げてくる。

「……鮎川さんは、オーナーのことをとても愛してるんだと思います」

その言葉が、私の心の中に、煌《きら》めく小さな宝石のようにゆっくりと落ちてくる。

……雪彦が、私を愛している……？

彼を初めて見た時から、私はそのことを切望し続けていた。

……こんなに愛している雪彦が、私のことを愛してくれたとしたら、それは信じられないほどの幸せなことで……。

「早く行動しないと、彼は何をするかわかりませんよ」

小田桐の深刻な言葉に、私はハッと我に返る。小田桐はどこかが痛むような顔をして、

「鮎川はとても強くてクールに見えるけれど、本当はとても脆《もろ》くて、優しくて、情に溢《あふ》れた人間です。とても寂《さび》しがりやのくせに、それを口にすることができず、一人で唇《くちびる》を噛《か》んで必死で生きている。……彼にはきっと、すべてを包み込み、しっかりと守ってくれる誰かが必要だ」

小田桐は、私を真っ直ぐに見つめて言う。

「わかっている。私は彼のすべてを包み込み、そしてしっかりと守ると誓《ちか》う」

小田桐は深くうなずいて、その唇に笑《え》みを浮《う》かべる。

「俺の可愛い弟を、よろしくお願いします」

鮎川雪彦

……最初に「美味《おい》しい」と言ってもらったあの時から……。

呆然《ぼうぜん》と外の夜景を見渡《みわた》しながら、ぼくはミラノのあの日を思い出す。

……ぼくはずっと、彼のことが忘れられなかった。

ミラノの店の脇《わき》にあった、小さな路地。「君が好きだ」と囁《ささや》いてきた時の、彼の甘い声を思い出す。

……あの時、ぼくの心はたしかに揺《ゆ》れた。

……でも、臆病《おくびょう》なぼくには、あんなふうに気軽に告白する彼の気持ちが、理解できなくて。

ぼくは心の痛みを抑《おさ》えようとして、シャツの布地の胸の部分を握りしめる。

……もしもあの時、ぼくが彼の告白を本気にしていたら、ぼくたちの関係はもっと変わっていただろうか？

……それとも、ぼくは今と同じように、苦しんでいただろうか？

彼と元恋人の姿を見るのがつらくて、ぼくは逃《に》げるように店を出た。

そして彼の屋敷《やしき》には戻らず、自分の部屋にいる。

プルルル！　プルルル！

ベッドサイドのテーブルに置いた携帯《けいたい》電話が、着信音を奏《かな》で始める。

液晶《えきしょう》の表示を見ると、かけてきている相手は……ガラヴァーニ。

……ぼくのことなど、放《ほう》っておいてくれればいいのに……。

……あなたには、熱愛する恋人が、ほかにいるんでしょう……？

ぼくは両手を上げて、そっと耳をふさぐ。

そしてそのまま、留守電に切り替《か》わるまで耳をふさぎ続ける。

プル……。

着信音が止《や》み、しばらくしてから、ぼくはそっと携帯電話を手に取り、フラップを開ける。

『留守番メッセージあり』

表示されている文字に、鼓動《こどう》が速くなる。

……彼の声なんか聞きたくない。でも……。

ぼくの指が、勝手に『再生』を押してしまう。

『雪彦』

受話口から流れてきた彼の声に、ぼくは思わず電話を耳に押し当てる。

『今から迎《むか》えに行く。すべてを話す。逃げないでくれ』

彼はとても思い詰《つ》めたような声で言い、すぐに電話を切る。

……迎えに行く……まさか……？

ぼくは思わず立ち上がり、カーテンを開いて、窓の外、マンションの前の道路を見下ろしてしまう。

「……あ……っ」

ぼくの心臓が、ドクン、と高鳴る。

マンションの前の道路に、見覚えのある大きなリムジンが停《と》まったところだった。

……嘘《うそ》……。

運転手を待たずにドアが内側から開き、一人の男がそこから降りてくる。

……まさか……。

スーツに包まれた逞《たくま》しい長身は、見間違《みまちが》うわけがない。リムジンから降りてきた彼は……ガラヴァーニだった。

片手に携帯電話を握ったままの彼が、エントランスの前で立ち止まり、操作盤《ばん》を操作する。

ピンポーン！

インターフォンのチャイムが鳴り、ぼくはギクリと身を震《ふる》わせる。

操作盤に向かっていた彼が、ふいに目を上げてこちらを見上げてくる。

「……あっ」

ぼくは慌てて窓から離《はな》れ、後ろ手にカーテンを閉める。
……もう、彼の顔を見ることなど、とてもできない……。
ぼくはシャツの胸の部分を掴んで、小さく喘《あえ》ぐ。
苦しくて、息ができない。
心が激しく痛んで、今にも壊《こわ》れてしまいそうだ。
……どうして……？
目の奥がズキリと痛んで、見慣れた部屋がふわりと歪《ゆが》む。
ピンポーン！
ドアチャイムの音が、再び鳴る。
……もう、ぼくのことなんか放っておいてほしい……。
ぼくの頬《ほお》を、熱い涙《なみだ》が伝う。
……あなたには、別に好きな人が……。
あの美青年とガラヴァーニの姿が脳裏《のうり》をよぎる。
「……うく……っ」
苦しくて、苦しくて、息ができない。
「……くう……っ」
……もういっそ、このまま死んでしまいたいくらい、苦しい……。

和哉と小田桐さんがキスをしているのを見た時、ぼくは自分がとてもショックを受けていると思った。

小田桐さんへの想《おも》いが叶《かな》わないと悟《さと》った時、ぼくは自分がとても苦しんでいると思った。

でも……。

……でも、あんな気持ちは、苦しいなどとは、とても言えなかったんだ。

ぼくはシャツを摑《つか》んだまま、カーテンを背にしてズルズルとその場に座り込む。

……本当に苦しいというのは、こういうことで……。

ぼくは思い、それからハッとする。

このマンションにはたしかにオートロックがある。だけど若い住人が多いここでは、夜遅《おそ》い時間でも人の出入りが激しい。だから住人と一緒《いっしょ》にドアをくぐれば、簡単に中に入れてしまうんだ。

ぼくは慌《あわ》ててカーテンを捲《まく》り、窓の外を見下ろす。

「……あ……っ」

ちょうど住人らしい女性が、マンションのオートロックの操作盤の前に立ったところだった。不審《ふしん》な男だったら警戒《けいかい》しただろうが、イタリアンスーツに身を包み、モデルのようにハンサムなガラヴァーニに、彼女は見とれこそすれ、警戒などしなかった。彼女は簡単にオートロックを解除して……。

ガラヴァーニが女性には一瞥《いちべつ》もくれず、エントランスに駆《か》け込んだのが見えた。

「……あ……っ！」

座り込んでいたぼくは、反射的に立ち上がる。

……ここにいたら、彼が来てしまう……。

……彼の顔なんか、見たくない……。

……でも……どうすれば……。

ピンポーン！

ぼくがおろおろしている間に、ドアチャイムの音が鳴り響《ひび》いてしまう。

「雪彦！」

ドアの外から聞こえたのは……やはりガラヴァーニの声だった。

「話があるから、ここを開けなさい！」

思い切り叫《さけ》ばれ、ドアを叩《たた》かれて、ぼくは慌てて玄関《げんかん》に向かう。

「話すことなんかありません！　ご近所迷惑《めいわく》なので、やめてください！」

「君が出てくるまでやめない！　朝まででも叫び続けてやる！」

朗々と響く声で言われて、ぼくは青くなる。

「わ、わかりましたから！」

慌ててサンダルを履《は》いて、ドアの鍵《かぎ》を開け……。

鍵を開けた途端《とたん》に、ドアが外側から開かれる。

「……あ……っ」

彼の凜々《りり》しい顔を見るだけで、ぼくは泣いてしまいそうになる。

「……あの人がいるのに……」

ぼくの唇《くちびる》から、かすれた声が漏《も》れた。

「……どうしてぼくなんかに、構うんですか……？」

彼は何かを言おうとし、それから深いため息をついて、

「私がここで何を言っても、言い訳のようにしか聞こえないだろう。……おいで」

彼に腕《うで》を引かれて、ぼくは慌てて、

「おいでって、どこへですか？」

「『リストランテ・ラ・ベランダ・トーキョー』だ。君が私の昔の恋人《こいびと》だと思っている彼を呼んだ。彼と、きちんと話をするといい」

ぼくはドキリとし……それから、こうやっていつまでも逃《に》げていることなどできないんだ、と思う。

ぼくはため息をつき、玄関に置いてあったキーホルダーを摑む。

店から戻《もど》ったままの恰好《かっこう》で泣いていたから、服はそのまま、サンダルを靴《くつ》に履き替える。

……怖《こわ》い。でも、逃げるわけにはいかない。

ぼくは拳《こぶし》を握《にぎ》りしめながら思う。

……そういえば、和哉はぼくが小田桐さんの想い人だと思いこんでいた。

……ぼくと対峙《たいじ》した時の和哉は、こんな気持ちだっただろうか？

＊

「彼はもう、来てくれているようだな」

『リストランテ・ラ・ベランダ・トーキョー』。窓際《まどぎわ》の席を見ながら、彼が言う。

今夜も一人で座っている彼は、何かの資料を読みながら、美味《おい》しそうにシャンパンを飲んでいた。

ぼくの心が、ズキリと激しく痛んだ。

「……あ……」

ぼくの心などもちろん知らないであろう彼は、ぼくらの視線に気づいたように顔を上げ、それからにっこりと笑ってみせる。

「こんばんは。今夜は、鮎川さんも打ち合わせに加わってくださるんですね？」

……打ち合わせ……？

「見かけるたびにあなたのことを素敵《すてき》だなって思っていて。お話しできて嬉《うれ》しいです」

無邪気《むじゃき》に言われたその言葉。そこになんの含《ふく》みもないことに気づいて、ぼくは呆然《ぼうぜん》とする。

……もしもぼくなら、ガラヴァーニが誰《だれ》かと寄り添《そ》っていたら、平気ではいられない。

……本当に心が広いのか、それとも……？

彼の優《やさ》しい笑《え》みを見ながら、ぼくはふいに思う。

……彼がガラヴァーニを好きかもしれないというのは、ぼくの思い過ごし？

「彼は、店舗《てんぽ》デザイナーの小宮山《こみやま》くん。近々、この店の内装を変えたいと思っているんだ」

「……店舗デザイナー……？」

ぼくは呆然と呟《つぶや》く。

「ええ。まだまだ修業《しゅぎょう》中なのですが」

彼は言いながら上着の内ポケットから名刺《めいし》入れを出す。そこから一枚の名刺を取り出して、

「ご挨拶《あいさつ》が遅《おく》れました。小宮山有紀《ゆうき》と申します」

ぼくは呆然としながらその名刺を受け取り……そしてそれに目を落とす。

「……え……？」

美しい手漉《てす》きの用紙、両側に金色でコリント式列柱が印刷され、その間にイタリア語の名前が踊《おど》っている。その特徴《とくちょう》的な名刺は、ぼくもミラノ本店にいた頃《ころ》に見たことがあり……。

「あなたは……」

ぼくは呆然と彼の顔を見返しながら言う。

「……もしかしてあなたは、ミラノ本店の内装デザインを手がけた、アルフレード・マローネ氏の会社の……？」

「はい。彼の会社のデザイナー室に勤務しています。今回、故郷である日本で、初めてデザインチームのチーフになることができそうで……チャンスをくださったシニョール・ガラヴァーニには本当に感謝しています」

言って、彼は嬉しそうに頬《ほお》を染める。

「何度も来させていただいていたのですが、この店の料理は本当に素晴らしいですね。そしてここからの景色も、本当に素晴らしい。この店の仕事に携《たずさ》わることができるなんて、ぼくは本当に光栄です」

彼は、目をキラキラさせながら言う。

「今から、デザインをするのが本当に楽しみです」

仕事に夢中というその様子に、彼が、ガラヴァーニの元の恋人でないことをぼくはやっと確信する。

プルルプルル！

小宮山くんのポケットで携帯《けいたい》電話が鳴り、彼は、すみません、と言いながら慌てて携帯電話をポケットから取り出す。

「あ、師匠《ししょう》からです。……申し訳ありませんが、少しだけ失礼しますね」

嬉しそうに言って、ぼくとガラヴァーニに会釈《えしゃく》をして席を立つ。

……じゃあ……。

「……あなたが熱愛していた、東洋人の元恋人というのは……？」

「実は恋人ではなく、片想《かたおも》いだった」

ガラヴァーニの言葉に、胸がズキリと痛むのを感じる。

「では、彼に片想いを？」

「私が恋をした相手は、彼ではないよ。東洋人というところは同じだが」

彼の指が、ぼくの頬を愛《いと》おしげに撫《な》でる。

「私が恋をした相手は、ミラノの、あるレストランにいた若いシェフ。私のために、素晴らしい前菜と、そしてとても美味しい牡蠣の料理を作ってくれた」

その言葉に、ぼくの心臓が、ドクン、と高鳴る。

……それは、もしかして……。

「彼はその後、『リストランテ・ラ・ベランダ・ミラノ』で働くようになった。どうしても彼と親しくなりたくて店に通い詰《つ》め、毎晩彼の前菜を注文し続けた。彼は一度も、挨拶には来てくれなかったけれどね」

彼の指先が、ぼくの唇にそっと触《ふ》れてくる。

「しかも当時の彼には、ほかに好きな男がいたようだし」

彼の瞳《ひとみ》の中につらそうな光がよぎり、ぼくの心を痛ませる。

「冷たくされて、しかも別の男を想っているその人を……嫌《きら》いにならなかったんですか？」

ぼくが言うと、彼はその端麗《たんれい》な顔に微苦笑《びくしょう》を浮《う》かべて、

「そうなれれば楽だったかもしれない。でも気持ちは熱くなるばかりだった」

「あなたが……」

ぼくの唇から、素直な気持ちが漏れた。

「……ぼくを嫌いにならないでいてくれて、よかった……」

＊

小宮山くんは、ぼくとガラヴァーニに描《か》きかけのラフ画を何枚も見せ、楽しそうに構想を語って帰っていった。

そしてぼくとガラヴァーニは、事務室に場所を変えて、向かい合っている。

「……愛している……」

囁《ささや》きながら、彼の指が、ぼくの顎《あご》をそっと持ち上げる。

「……君が嫉妬《しっと》もしてくれたことが、嬉しいよ」

まるで少年のように無邪気に微笑《ほほえ》まれて、安堵《あんど》のあまり力が抜《ぬ》ける。

座り込みそうになったぼくの身体《からだ》を、彼の腕がしっかりと抱《だ》き留めた。

「どうした？　安堵するあまり、腰《こし》が抜けてしまった？」

間近に覗《のぞ》き込まれて……ぼくはもう、虚勢《きょせい》を張ることすらできなくなってしまう。

「ああ……」

ぼくはため息をついて、彼の肩《かた》にそっと頰を埋《うず》める。

「……もう、反論する気も起きません」

「それなら……」

彼の顔が、ゆっくりと近づいてくる。

「おとなしく、私のキスを受けなさい。いいね？」

彼の甘い息が唇《くちびる》をくすぐり、ぼくは鼓動《こどう》を速くしながらそっと目を閉じて……。

「うわあっ！」

「お、押すなよっ！」

いきなり声がして、ぼくと彼は驚《おどろ》きのあまり動きを止める。

……まさか……？

恐《おそ》る恐る振《ふ》り返ると、事務室のドアが開いて、この店の厨房《ちゅうぼう》のメンバーがなだれ込んできたところだった。

「すみません。どうしても心配になって」

「見る気はなかったんだが、あまりの熱々ぶりを見せられて、呆然としてしまった」

一番前に押し出されてきた和哉と小田桐さんが、すまなそうな声で謝っている。

見渡《みわた》せばそこには、この店の全メンバーが揃《そろ》っていて……。

……なんてことだ……。

……店のメンバーに、キスシーンを目撃《もくげき》されてしまったなんて……！

ぼくは混乱のあまり、何を言っているのか自分でも解《わか》らなくなりながら、

「ち、違《ちが》うんだ……これはそういう意味ではなくて……挨拶というか……」

言って、慌《あわ》ててガラヴァーニの腕《うで》を振り払《はら》おうとする。しかし……。

「あんなに色っぽい顔をしておいて、何が挨拶だ」

ガラヴァーニはぼくの腰を引き寄せ、素早《すばや》くぼくの唇にキスをする。

「……ん……！」

「……わあ……生キス……」

和哉が、呆然《ぼうぜん》とした声で呟く。

……ああ、メンバーの前でキスをするなんて……！

「本当に悪い子だな、雪彦」

囁いてくる彼のブルーの瞳と、甘い声に……ぼくはもう抵抗《ていこう》なんかできなくなってしまう。

ガラヴァーニは力の抜けてしまったぼくの身体の向きを変え、メンバーの方に向かせる。

「ちょうどいいチャンスなので言っておこう。私と彼は恋人《こいびと》同士で、見たままの熱々ぶりだ。……文句のある者は？」

「もちろん、文句なんかないです。……鮎川さん、幸せそう」

和哉がなんだか感動したような顔で言う。一宮が、

「うらやましいなあ。俺もそんなふうにカミングアウトしたい」

「ああ、美人でクールな鮎川さんに、ずっと憧《あこが》れていたのに……」

「おまえじゃ力不足だろ？　男としてもシェフとしても、もっと修業《しゅぎょう》しろ！」

赤い顔をした前田が言い、郷田が彼の頭を小突《こづ》いている。

「いやあ、いいものを見せてもらったな。私はもちろんゲイに偏見《へんけん》はないし、応援《おうえん》します」

相模原さんの声に、尾形さんがうなずいて言う。

「私も男同士の恋愛《れんあい》に偏見など持っていません。お二人を応援させていただきますよ」

小田桐さんが、大袈裟《おおげさ》にため息をついて、

「この店のメンバーは、誰《だれ》も反対しません。ですから、さっさと帰ったらどうです？」

その唇にイタズラっぽい笑みを浮かべて、

「鮎川は、今日はもう、使いモノにならなそうですし」

「グランシェフのお許しが出た。そうさせてもらおう」

ガラヴァーニは言って身を屈《かが》め、いきなりぼくの肩をしっかりと抱き寄せた。

「うわっ！」

驚いているぼくにもう一度チュッとキスをして、

「行くぞ、雪彦」

そして呆然としているぼくの肩を抱いたまま、店を後にしてしまったんだ。

＊

「……ん……んん……っ」

ぼくのシャツのボタンを外しながら、彼が深い深いキスをする。

「……ん……う、んん……っ」

ボタンを外され、肌《はだ》が空気にさらされるだけで……ぼくは自分が昂《たか》ぶってしまっているのを感じている。

……ああ、彼といると、ぼくは本当におかしくなる……。

「……んん……もう、やめ……んんっ！」

胸に手を突き、必死で逃《に》げようとするけれど、彼はぼくの腰をしっかりと引き寄せてさらにキスを深くする。

「……んく……んんっ」

身体から力が抜けてしまっているのをいいことに、彼の舌は口腔《こうこう》に忍《しの》び込み、ぼくの舌をすくい上げてくる。

「……くう……あ、ん……っ」

まるで愛撫《あいぶ》するように舌先から根元までを舐《な》められて、ぼくの身体が震《ふる》えてしまう。

「……くふ……んん……っ」

クチュ、クチュ、と音を立てながら、味わうように舌を愛撫され……唇の端《はし》から、飲みきれなかった唾液《だえき》が、ツツ、と溢《あふ》れた。

彼の唇がそっとずれて……唇から顎、そして首筋に伝ったそれを、とても美味《おい》しそうにゆっくりと舐め上げる。

「……はあ、んん……っ」

そのまま首筋を、チュッと吸い上げられて、ぼくの身体がヒクリと跳《は》ね上がる。

「……んん……っ！」

いつの間にかシャツのボタンを外し終わっていた彼の手が、ぼくの綿シャツをそっとはだけてしまう。

冷たい空気にさらされて震えるぼくの肌に、彼の唇が滑《すべ》り降りて……。

「……ああ……っ」

乳首《ちくび》に触《ふ》れるようなキスをされて、ぼくの背中が反り返る。

「……ここが感じるのか？」

囁きながら、舌で先端《せんたん》を舐め上げられ……ぼくはシーツを必死で掴《つか》む。

「……あ、ああん……っ！」

「可愛《かわい》い、こんなに尖《とが》らせてしまうなんて」

もう片方の乳首を、彼の美しい指がキュッと摘《つま》み上げる。

「……ひ、う……っ」

片方の乳首を吸い上げられ、もう片方を指先でくすぐられて……足先から、甘い快感が全身を走り抜《ぬ》ける。

その快感が、腰《こし》のあたりに、キュッ、と集結してくるのを感じる。

スラックスと下着の下で、ぼくの屹立《きつりつ》が痛いほどに勃《た》ち上がってきているのが解る。

「……あ、ああ、ダメ……っ」

「何がだめなんだ？」

彼が囁《ささや》いて、乳首を愛撫していた手を、鳩尾《みぞおち》にそっと当てる。

その手が、ゆっくりとぼくの肌の上を滑り降りて……。

「……ああ、ん……っ！」

布地ごと、キュッと手の中に握《にぎ》り込まれて……ぼくはいきなり放ってしまいそうになる。

「ここを、こんなに硬《かた》くして」

「……あ、あ、やあ……っ！」

囁きながら、キュッ、キュッ、と扱《しご》き上げられて……ぼくは我を忘れて喘《あえ》いでしまう。

「オーナーの前でこんなに硬くしているなんて、なんていやらしいシェフなんだろう？」

「それを言うなら、あなたこそ……」

ぼくの唇《くちびる》から、甘い喘ぎのような声が切れ切れに漏《も》れた。

「……専属シェフにこんなことをするなんて……本当に悪いオーナーです……」

「そうかもしれないな」

彼はとてもセクシーな声で言って、ぼくのベルトの金具を外す。

「……あっ」

驚《おどろ》いている間に、前立てのボタンが外され、ファスナーが下ろされてしまう。

「どうせ悪いと言われるのなら……」

彼が言いながら、ぼくのスラックスと下着を摑む。

「……私の専属シェフに、もっと悪いことをしてしまおうかな？」

言いながらゆっくりとそれらを引き下ろされて……ぼくは思わず喘ぐ。

……だって、ぼくの屹立は……。

プルン、と揺《ゆ》れながら、ぼくの屹立が解放される。

ほんの少し愛撫されただけなのに、ぼくの屹立は、たまらなげに反り返り……。

「本当にいけない子だ。反り返るほど硬くするだけでなく、こんなに濡《ぬ》らしているなんて」

彼が囁きながら、指先でぼくの側面を辿《たど》る。

ヌル、としたその感触《かんしょく》に、どんなに濡れてしまっているかを改めて悟《さと》る。

「……あ……は、あぁ……っ」

先端をヌルヌルと刺激《しげき》されて、ぼくの唇からこらえきれない甘い喘ぎが漏れる。

「蜜《みつ》をトロトロに溢れさせて、とても甘そうだ。そろそろ食べ頃《ごろ》だな」

彼が囁いて、ぼくの屹立を握り込み、そして……。

「……ひ、あぁ……っ！」

ぼくの唇から、悲鳴のような声が漏れた。

顔を下ろした彼が、ぼくの屹立を深く口腔に含《ふく》んでしまったんだ。

「……ダメ、ダメ、そんなことされたら……！」

チュプ、チュプ、とわざと濡れた音を立てられ、唇と舌で愛撫される。

同時に、追い上げるようにして濡れた側面を手のひらで扱かれて……ぼくはもう我慢《がまん》なんかできなくて……。

「……あああーっ！　ダメ……！」

ぼくの先端から、いきなり白い欲望の蜜が迸《ほとばし》り出てしまう。

「……く、くう……ん……っ」

彼はぼくの欲望のすべてを口で受け止め、そしてそのまま、ぼくの脚《あし》を掴んで大きく広げさせて……。

「……ひっ……ああ……っ！」

広げられた両脚の間、スリットの奥。

信じられないような深いところに、彼が顔を埋《うず》め、キスをしてくる。

「……や、何……あああっ！」

狭間《はざま》の奥、隠《かく》された場所にある蕾《つぼみ》に、彼の舌がヌルリと滑り込んでくる。

「……え？　はう……っ！」

そして、ぼくの蕾の中に、熱くてトロリとした液体がゆっくりと流し込まれて……。

「……やあ、あ、あ……っ」

それが、さっき放ったばかりの自分の蜜だと気づいて、ぼくは真っ赤になる。

「……いやだ……そんな……うう……っ」

彼の指が、チュプッと音を立ててぼくの蕾に滑り込んでくる。

「……ああ、あああ……っ！」

自分の蕾が女の子のそれのようにヌルヌルに濡らされ、しかも指までも受け入れているというのは、ぼくにとってはものすごい衝撃《しょうげき》で……。

「……やだ、抜いて……そんな……っ」

「痛い？」

心配そうに囁かれ、ぼくは必死でかぶりを振《ふ》る。

「ちが……そんなところに指を入れられたら……恥《は》ずかしい、から……っ」

「それなら……恥ずかしさなんて忘れなさい」

彼が囁いて、ぼくの屹立を口に含んでしまう。

「……ひ、ああ……っ！」

さっき放ったばかりなのに、ぼくの屹立はすでに完全に近いほど硬くなってしまっていた。

先端を吸い上げられ、後ろに含まされた指を揺らされて、ぼくは我を忘れる。

「……ああ、ダメ、また出ちゃうよ……っ」

「自分ばかりそんなに味わって、ずるいシェフだな」

彼が囁きながら、後ろに、もう一本の指を滑り込ませてくる。

「……ああ、増やさないで……あ、ううん……っ」

痛みを覚悟《かくご》したぼくは、指が増やされると同時に快感が増幅《ぞうふく》したことに驚いてしまう。

「……どうして、こんな……ああ……っ」

「痛いか？」

「……痛くない……気持ちが、いいよ……っ」

ぼくの唇から、甘く濡れた声が漏れた。

それと同時に、ぼくの蕾が、キュウッと強く収縮して……。

……何？　これ……？

「……ああん……っ」

彼の指を喰《く》い締《し》めてしまったことで、ぼくはあらためて、快感の大きさを知る。

「……欲しい……」

理性が吹《ふ》き飛んだぼくの唇から、恥ずかしい言葉が漏れた。

「指じゃなくて、あなたが欲しいんだよ……っ」

「なんて淫《みだ》らなシェフなんだろう」

彼が囁きながら、チュプッと音を立てて、ぼくの蕾から指を引き抜いた。

「こんなに締め上げて、オーナーを誘惑《ゆうわく》するなんて……」

チチ、というファスナーの開かれる音。

そして濡れそぼり、蕩《とろ》けてしまったぼくの蕾に、燃え上がりそうに熱いものがググッと押し当てられて……。

「私の専属シェフとして……」

「……あ、くう……っ」

「世界一の美味を、私に味わわせてくれ」

彼の熱くて逞《たくま》しい屹立が、ゆっくりとぼくの中に押し入ってくる。

「……あ、あ、あ……っ」

たっぷりと蕩けてしまったぼくの蕾は、彼をきつく包み込みながらも、最後まで従順に受け入れて……。

「……あ……深いよ……っ」

ぼくは、彼の逞しさと熱さを内壁《ないへき》で感じながら、喘《あえ》ぐ。

「……あなたが、ぼくの中に、入ってる……っ」

「そうだよ。……動いても、大丈夫《だいじょうぶ》か？」

ぼくの身体《からだ》が、何かを熱く求めている。

それが何かも解《わか》らないままに、ぼくは必死でうなずく。

「……来て……あなたのしたいようにして……」

「いつもはあんなにクールなくせに……」

彼がぼくの唇に優《やさ》しいキスをする。

「……私の腕《うで》の中では、こんなふうに可愛《かわい》くなってしまうんだな」

愛《いと》おしげに囁《ささや》いて、ゆっくりと抽挿《ちゅうそう》を開始する。

「……あっ……あっ……」

彼の逞しい欲望が、ぼくの中を、ゆっくりと往復する。

それだけでも気が遠くなりそうなのに、その動きはどんどん速くなって……。

「……ああっ、ああっ、オーナー……！」

「ベッドの中では、職位ではなくて名前で呼びなさい」

彼が、ぼくを容赦《ようしゃ》なく責めながら言う。

「……ああ、アルマンド……！」

「そう、いい子だ……！」

どんどん速くなる、二人の呼吸。

「……あっ、あっ、あっ、アルマンド……！」

月明かりに照らされたベッドが、彼の動きに合わせて激しく揺《ゆ》れている。

ふわりと漂《ただよ》う彼の香《かお》りが、ぼくの理性を霞《かす》ませる。

「……気持ち、いい……あ、もっと……っ！」

ぼくの唇《くちびる》から、信じられないような恥ずかしい喘ぎが漏《も》れた。

でも、ぼくはもう、欲しくて、欲しくて……。

彼の手が、揺れながら蜜をふり零《こぼ》している、ぼくの屹立《きつりつ》を摑《つか》み上げる。

「……あう……やあぁ……っ！」

クチュクチュと扱《しご》き上げられながら、肌《はだ》が当たるほど激しく突《つ》き入れられて……。

「……あ、あう……ダメ、もう……っ」

ぼくの蕾が、ビクビクと震《ふる》えながら彼を締め上げてしまう。

「……イく……イッちゃうよ……っ！」

「イッていい」

彼がぼくの耳に、甘くてとてもセクシーな囁きを吹き込んでくる。

「君がすごすぎて……私ももう限界だ」

「……ああ、アルマンド……！」

逞しいものでひときわ強く貫《つらぬ》かれ、濡《ぬ》れた屹立を扱き上げられて……。

「……ああ、愛してる、アルマンド……！」

ぼくの先端《せんたん》から、ビュッ、ビュッ！　と激しく、白い蜜《みつ》が飛んだ。

「……くう、ううん……！」

ぼくの内壁がビクビクと震え、そのままキュウッと彼を喰い締めてしまう。

彼がセクシーな声で囁いて、きつくなったぼくの内壁を、ひときわ強く突き上げる。

「……ああ、く、んん……っ！」

キュッと扱き上げられて、ぼくの欲望から残りの蜜が溢《あふ》れた。

「愛している、雪彦……」

彼はセクシーな囁きと共に……ぼくの深い場所に、欲望の熱い蜜を、たっぷりと注ぎ込んでくれたんだ。

*

「『リストランテ・ラ・ベランダ・ミラノ』の、一番の上席と言われる席を覚えている？」

彼が、裸《はだか》のぼくを抱《だ》き締めたままで囁く。ぼくは快感の余韻《よいん》にまだ呆然《ぼうぜん》としながら、

「ええ。あの店の一番奥にあって、中庭に面しているあの席ですよね？」

「あの席から、厨房《ちゅうぼう》が見えることを知っていた？」

ぼくは、あの店の厨房からの景色を思い出しながら言う。

「中庭には木が茂《しげ》っていて、厨房から客席は見えなかった気がするんですが……」

「あの席からだけ、角度によっては、厨房の方を垣間見《かいまみ》ることができたんだ」

……知らなかった……。

「君は私に会いに来てはくれなかったが……私はあの席から、ずっと君を見ていたよ」

「……えっ？」

意外な言葉に、ぼくは驚《おどろ》いてしまう。

「本当ですか？」

「本当だ」

彼はうなずいて、ぼくの唇に優しいキスをする。

「……ん……」

彼の甘いキスと、そして彼に見守られていたということが、ぼくの心をあたためてくれる。

彼は名残惜《なごりお》しげに唇を離《はな》し、そのブルーの瞳《ひとみ》で僕を見下ろす。

「君と初めて出会った日。どうして私が『オステリア・ダ・ミケーレ』で食事をしようとしていたか、わかるか？」

「それは……たまたまお腹《なか》が空《す》いたからでは？」

ぼくの言葉に、彼は笑いながらかぶりを振《ふ》る。

「私は自他共に認めるグルメだ。たとえ餓死《がし》しそうになっていたとしても、あんな三流店にだけは足を踏《ふ》み入れることはない」

……たしかに、それはうなずけるかも……。

「では、なぜ？」

「私は……君を捜《さが》しにあの店に行ったんだ」

「……え……っ？」

その言葉に、ぼくは呆然とする。

「それはええと……君が運命の人だから、とかいうイタリア男独得の口説き文句ですか？」

「そう取ってもらっても構わないのだが……」

彼はその顔に苦笑《くしょう》を浮《う》かべて、

「実は、本当にそうなんだ。……当時、グルメの間では不思議な噂《うわさ》が広まっていた。三流に落ちぶれた『オステリア・ダ・ミケーレ』で、ごく稀《まれ》に、とんでもなく美味な料理が出ることがある、とね」

「……えっ？」

「何人ものグルメが店に行き、最悪の料理を食べさせられて玉砕《ぎょくさい》した。だから……」

彼は、そのブルーの瞳でぼくを見つめて、

「あの店のグランシェフが、マグレにでも美味な物が作れるわけがないと思った。スー・シェフも、ポワッソニエも最悪だということがわかっていた。私は、あの店の若いスタッフの中に誰《だれ》か天才が混ざっていると思ったんだ」

ぼくの心臓が、トクンと一つ高鳴った。

「そしてちょうどその頃《ころ》、小田桐から『鮎川雪彦』という料理学校時代の後輩《こうはい》の話を聞いた。とんでもない天才だったが、『リストランテ・ラ・ベランダ・ミラノ』の試験を受けてみたらどうだという自分の誘《さそ》いを断って『オステリア・ダ・ミケーレ』に就職してしまったと。私は、その『鮎川雪彦』というシェフが、自分が捜《さが》し求めていた天才シェフだと確信した」

「じゃあ、もしかして……？」

「あの時、わざとあの店のグランシェフが作れない料理をオーダーしてみた。『生牡蠣《なまがき》でない牡蠣料理を』とね。あの店のグランシェフが大の牡蠣嫌《ぎら》いであることを私は知っていたから」

ぼくは、その言葉を呆然としたままで聞く。

……ぼくが誰にも認められず、孤独《こどく》に悩《なや》んでいた間、彼はぼくのことを、ずっと捜していてくれた……？

「料理を持ってきてくれた君を見て、私は雷《かみなり》に打たれたような気がした。そんな天才がいるのなら自分の店にスカウトしたい、そんな気持ちで行ったはずだったんだが……」

彼はそのブルーの瞳でぼくを真《ま》っ直《す》ぐに見つめながら、

「君を一目見ただけで、恋《こい》に堕《お》ちてしまった。自分の店のシェフとしてだけでなく、君自身のことも、どうしても欲しくなった。……私は君を、運命の人だと思ったんだ」

「……アルマンド……」

ぼくの心が、ふわりと熱くなる。

「あとで、マーケットの店主から聞いた。あの夜、私のために牡蠣を探してマーケット中を走り回ってくれたんだってね？」

「……あ……」

彼はぼくを引き寄せ、優《やさ》しいキスをする。

「……んん……」

「君のような伴侶《はんりよ》を得ることができて……私は本当に幸せ者だ」

触《ふ》れあった、裸の肌と肌。

だんだんと深くなる、甘いキス。

「……愛している、雪彦……」

囁《ささや》かれて、心と身体《からだ》が、燃え上がりそうに熱くなる。

彼の手が、ぼくの身体の上を、ゆっくりと滑《すべ》り始める。

「……ぼくも愛してる、アルマンド……あ……っ」

彼に最高の快楽を教え込まれたぼくの身体は、どこもかしこも性感帯のように敏感《びんかん》になっている。

「……ああ……っ」

彼の手のひらが肌《はだ》を滑るだけで、身体の奥から蕩《とろ》けそうな快感が湧《わ》き上がる。

「……く、うん……っ」

尖《とが》ってしまっていた乳首《ちくび》をくすぐるように愛撫《あいぶ》され、ぼくの身体がヒクリと跳《は》ね上がる。

「……ああ、ん……っ」

「……君は料理だけでなく、愛の行為《こうい》にも素晴《すば》らしい才能を持っているらしい」

彼が囁いて、ぼくの唇《くちびる》にそっとキスをする。

「……初めてだったというのに、もうこんなに感じることができるのだから」

「……ああ、アルマンド……」

ぼくは、蕩けそうになりながら……再び、甘い快楽の渦《うず》に巻き込まれ……。

＊

そして、二カ月後。

ぼくは『リストランテ・ラ・ベランダ・ミラノ』でスー・シェフとして働き始めた。

グランシェフが交代したことで、修業《しゆぎよう》時代と雰囲気《ふんいき》が変わっていたらどうしようと思っていたのだが……。

「鮎川くんは本当にスジがいいねえ。相変わらずだ」

もう一人のスー・シェフ、マリオさんが言う。彼はぼくがこの店で働いていた頃からいたシェフで、グランシェフの引退後は、彼がここでは最古参ということになる。ここにいた頃にはとても可愛《かわい》がってもらった。

「それにやっぱり、若い人はセンスが違《ちが》う。伝統も素晴らしいが、新しさも必要だ。新しいグランシェフが来てから、よくそう思うようになったよ」

グラン・パティシエのファビオさんがぼくの手元を見つめながら言う。

「それに、相変わらず本当に器用だしねえ」

彼はマリオさんに続く古参で、ぼくのことをやはり修業時代から可愛がってくれている。

こんなふうにとても雰囲気がいいうえに、とてもレベルの高い店。

ぼくにとっては、本当に申し分のない職場だ。

「さて、そろそろ閉店にしよう、諸君」

スイングドアを明けて入ってきたのは、この店の新しいグランシェフ、ファビオ・セレベッティ氏。彼はまだ三十二歳の若さで世界にその名をとどろかせた天才だ。

彼の世代になってからの『リストランテ・ラ・ベランダ・ミラノ』はますます素晴らしいレストランだと評判になり、顧客《こきゃく》を増やし続けている。

彼は黒髪《くろかみ》に黒い瞳《ひとみ》をした逞《たくま》しいハンサムで、小田桐さんの四年後はこんな感じかな？　と思わせるような人だ。

だけど彼を見ても、ぼくの心はもちろん痛むことはない。

ぼくの小田桐さんへの想《おも》いは、最初からきっと恋ではなかった。『尊敬する師匠《ししょう》を慕《した》う気持ち』と、『優しい兄が誰かに取られそうになって悲しく思う気持ち』の入り混じったものだったのだと思う。これは、アルマンドが教えてくれたことだけれど。

「雪彦！」

そして。厨房《ちゅうぼう》のスイングドアを開けて入ってきたのは、アルマンド・ガラヴァーニ。ミラノにある本社でばりばり働きながらも、毎晩かかさずにぼくを迎《むか》えに来る。

あれからぼくと彼は、ミラノの高級マンションで一緒《いっしょ》に暮らしている。

いちおう専属シェフだけど……それは食事だけじゃなくて……。

「今夜もお迎えが来たようだね。オーナー直々なら、断ることもできないだろう？」

グランシェフに言われて、ぼくは思わず赤くなる。和哉に少しイメージの似た、新人の見習いシェフが元気に叫《さけ》ぶ。

「片づけはぼくがやっておきますので！　お先にどうぞ！」

「それなら、彼は私がさらっていく」

アルマンドが言って、ぼくの肩《かた》をしっかりと抱《だ》き寄せる。

「諸君、お疲《つか》れ様」

「おやすみなさい」

「お疲れ様でした」

厨房のメンバーは、楽しそうに言い、手を振《ふ》って、ぼくらを送り出してくれる。

「まったく、お店で馴《な》れ馴《な》れしくするのはやめてくださいと言ったのに！」

ぼくは彼の手を放《はな》そうとするけれど、強く引き寄せられて逃《に》げることなんかできない。

そして今夜も、彼はぼくに甘く囁く。

「専属シェフとして、一番美味《おい》しい君を味わわせてくれないか？」

抱き寄せられて、蕩けるようなキスをされたら、強気なぼくも、もう抵抗《ていこう》できない。

ぼくの恋人《こいびと》は、ハンサムで、イジワルで、わがままで……だけど本当にセクシーなんだ。

あとがき

こんにちは、水上ルイです！
初めての方に初めまして！　水上の別のお話を読んでくださった方にいつもありがとう！
あ、この本を立ち読みしてるあなたは、危険ですのですぐさまレジへゴー！（笑）
今回の『エグゼクティブの恋愛条件』は、恋愛条件シリーズ（シリーズ？　笑）の第三弾《だん》になります。第一弾が『ショコラティエの恋愛条件』、第二弾が『グランシェフの恋愛条件』です。でも読みきりですので、この本から読んでいただいても全然オッケー！　安心してお買い求めください！（笑）色男だけど本当の恋《こい》をずっと知らなかった大富豪《だいふごう》のレストランオーナーのガラヴァーニと、彼が経営する店で働く美人でクールなスー・シェフ、鮎川が主人公です。グランシェフへの叶《かな》わない恋にずっと悩《なや》んでいる鮎川を、彼に一目《ひとめ》惚《ぼ》れしたガラヴァーニは振《ふ》り向かせることができるのか？　というお話です。前作『グランシェフの恋愛条件』に登場した新米シェフ和哉とグランシェフ小田桐も登場します。『グランシェフの恋愛条件』と今回の『エグゼクティブの恋愛条件』は二冊連続発刊になっているはずなので、リアルタイムで買ってくださっているあなたは、前作も探しやすいかと！（笑）舞台《ぶたい》になったレストランやキャラが一部かぶっていますので、よかったら前の本も読んでいただけると、ますますお楽しみいただけるかと思います（CM・笑）。

今回のお話にも出てきましたが……ゆりかもめが延長され、さらに台場界隈《かいわい》から晴海《はるみ》を通って銀座まで続く道路ができました！（ガラヴァーニと鮎川が歩いているところです）水上は仕事の合間の息抜《いきぬ》きにあのあたりを自転車でトバしております（笑）。銀座までとっても近くなってご機嫌《きげん》！　銀座界隈に住んでいるお友達と何人かで「せっかくだから銀座のナイスなお店を探索《たんさく》しよう！」といろいろなお店に足を運んでいます。『リストランテ・ラ・ベランダ』のモデルになったお店もありますよ～（笑）。しかしそういうリッチなお店には普段《ふだん》はなかなか行けないので（汗＆笑）、安くて美味《おい》しくてみんなで落ち着いてよもやま話ができるお店というのがテーマ。有機野菜を使ったフレンチや、イベリコ豚《ぶた》が美味なイタリアン、パエリアが美味しいスペイン料理屋さん、そしてお友達のお友達が経営しているバーとか……ナイスなお店をいろいろ見つけました！　ジュエリーデザイナーをやっていた頃《ころ》、店舗《てんぽ》リサーチの途中《とちゅう》でよく行っていたアールデコなカフェも再発見（笑）。銀座は素敵《すてき》です！　しかし銀座は似た風景の道が多いのと、水上が方向音痴《おんち》なせいで一人では行けないです～（ダメダメ・大汗）。

今回のテーマは「銀座は楽しい！」そして「祝・ゆりかもめ延長」（笑）そして「美味しいものが食べたいな～」でした（笑）。

楽しんで書いたお話です。あなたにもお楽しみいただけていれば嬉《うれ》しいです！
それではここで、各種お知らせコーナー！

★個人同人誌サークル『水上ルイ企画室』
夏・冬コミに（受かれば）参加予定。受かったらオリジナルの新刊を出してるかも！

★最新情報をゲットしたい方は、PCか携帯《けいたい》でアクセス！
WEB環境《かんきょう》にある方は、『水上通信デジタル版』http://www1.odn.ne.jp/ruinet/menu.html へPCでどうぞ。携帯用メルマガは、携帯電話にて http://www.mcomix.net/ で！

こうじま奈月先生。本当にお忙《いそが》しい中、素敵なイラストをどうもありがとうございました！ セクシーなガラヴァーニと、クールな美人の鮎川にうっとりでした！ 全員サービスのきらきらポストカードセットも、見るのが本当に楽しみです！（全員サービスの締《し》め切りは、二〇〇六年九月二九日当日消印有効）またお仕事をご一緒《いっしょ》できて嬉しかったです！ これからもよろしくお願いできれば幸いです！

TARO。次はレモンだった！（笑）　そしてレモンの花が咲《さ》きそうな！

担当A澤さん、編集部の皆様《みなさま》。本当にお世話になりました！　二冊連続発刊&フェア、ありがとうございました！（感涙）　これからも頑張《がんば》りますので、よろしくお願いいたします！

最後になりましたが、この本を読んでくれたあなたへ。どうもありがとうございました！
それではまた。あなたにお会いできる日を、楽しみにしています！

二〇〇六年七月　　水上ルイ

KADOKAWA RUBY BUNKO

エグゼクティブの恋愛条件《れんあいじようけん》

水上《みなかみ》ルイ

角川ルビー文庫 R92-11　　14300

平成18年7月1日　初版発行

発行者——井上伸一郎
発行所——株式会社角川書店
東京都千代田区富士見2-13-3
電話/編集(03)3238-8697
営業(03)3238-8521
〒102-8177 振替00130-9-195208
印刷所——旭印刷　製本所——BBC
装幀者——鈴木洋介

ISBN4-04-448611-5　C0193　定価はカバーに明記してあります。

KADOKAWA RUBY BUNKO

角川ルビー文庫

いつも「ルビー文庫」を
ご愛読いただきありがとうございます。
今回の作品はいかがでしたか?
ぜひ、ご感想をお寄せください。

〈ファンレターのあて先〉

〒102-8177 東京都千代田区富士見2-13-3
角川書店 ルビー文庫編集部気付
「水上ルイ先生」係

水上ルイ
イラスト／こうじま奈月
偽善はやめだ。
君を……私だけのものにするよ。
愛する兄と二人で暮らしていくため、
援交をする決心をした爽二。だけど
とんでもない色男を引っかけてしまい!?
ドラマティックな
恋愛契約
ルビー文庫